imaginist

想象另一种可能

理
想
国

imaginist

百家姓

杨葵 著

广西师范大学出版社
·桂林·

自序

这些文章都很短，写的时间跨度却挺长，三四年了。

三四年前某一天，我去理发。进了店，脱外套，小工接过去，换回一个存衣牌拴在手上。我坐到椅子上，小工替我围上围裙，我闭上眼睛。耳边是剪刀落发的嚓嚓声，周围三三两两聊天的南腔北调，还有店里循环播放的流行歌曲……这些声音浮在半空，若有若无梦幻一般。那一刻忽然想到小张。就在这家店，小张给我理了好几年发。一个念头冲上来：我该写写小张。

我是这么想的：活了四十年，遇到好多小张这样的人，我们互为生命中最轻微的过客，有的仅一两面之缘，即成永久陌路；有的如小张一样，多年定期交集，却从未专心留意。这些人很像那天店里的那些声音，浅浅地、飘飘地浮在生命的表层，很虚幻，可是定心一想，音容笑貌又宛现眼前。

顺势就想到琉璃厂伙计小罗，我从他那儿买过几千张纸，可所有交谈加起来不超过十句话。想到小时工小月，帮我打扫卫生两年多，可我们之间只是不断重复相同的几句对话，我开门说来啦，她关门说再见。

从那天起，我开始写这些人。不定期地写，不刻意地写，忽然想到某个人，就撒开思绪的缰绳，放任它多跑会儿，过后把想到的记下来。

起先写貌似陌生的熟人，后来也写貌似熟悉的陌生人。很多相熟的朋友，以为全面了解，其实经不起细想，越想越不把稳，我们彼此真的很熟么？经常也只是一种习惯而已，习惯了当做熟人相处、相敬、相亲，甚至相爱。而实情是，人人孤苦熬世，所见所处，也无不零碎片面，哪有什么全盘知晓。

都写不长，像人物速写，只勾勒个大模样，并不细摹。是有原因的：一是因为得到报纸副刊青睐，要逐篇发表；二是对自己笔力深浅有自知，生怕细摹露怯，有意藏拙。

多少也有点态度在里头。我想的是：现在人真能写，以致出书越来越厚，厚到原来大小适中的开本排不下，一时各种宏大开本遍布书市。书柜里从此"远近高低各不同"，想收拾整齐，成了一件"不可能完成的任务"。可那些文字，在我这个做编辑的看来水分太大。

曾有个作者，送来一部三十万字的小说让我提意见。我看完劝他，不如删成三万字的小中篇，一定精彩。这作者从此不屑搭理我。别人管不了，就管管自己。我决定尽量写短句，写短文，有机会出书，也出得尽量薄一些，开本正常些。这年头，开本小些、文章短些、文字精练些的书其实不多，我想往这方向努力。

更深一层的意思，我要引用巴伐利亚戏剧大师 Karl Valentin 的一句话来表达。他说，"一切都已被说出来，但不是被所有人。"既然我没有自信说得更好，就选择了尽量不要喋喋不休。

五十余人，却叫做“百家姓”，乍看驴唇不对马嘴，其实并无不妥。中国经典启蒙名著《百家姓》也不是真只收录一百个姓氏，而是五百多个。叫“百家姓”只是取个方便。另外，多少也有激励自己继续写下去的意思。

2011 年元月

北京西坝河

目 录

宁老师

上高中时正值叛逆期。叛逆也有文武之分，武叛逆上房揭瓦、打打杀杀，做家长的三天两头为孩子闯下的祸各处道歉；文叛逆呢，就像我当时一样，随时阴沉个脸，瞧什么都不顺眼，阴阴地抵触强加在自己头上的任何事，觉得满世界人不理解自己的远大志向。

学校的老师基本都被划在痛恨之列，因为无数“强加”之中，数他们给得最直接、最无情。所以对所有老师，从表面到内心都是个乜斜。人心相通，老师对我也没什么好脸子。这就形成恶性循环，越乜斜越没好脸子，越没好脸子越乜斜。

恶循环中有个例外，宁老师，教语文，同时给我们年级三个小班上语文课。

宁老师将近五十岁，女人那个年纪最中规中矩的短发型，脸色苍白，嘴唇薄，眼睛细小，眉头长年不展，面相挺苦的。也确实苦吧，“文革”前的大学生，这代人什么苦事儿都赶上了。

好不容易苦到八十年代，同辈人生活都在逐渐好转，宁老师眉头却越皱越深。一来当时中学老师收入水平是社会底层；二来宁老师有对双胞胎闺女，正上小学，其中一个害有慢性眼疾，四处求医问药，既费时又花钱，还闹心。

课上的宁老师平静笃定，旁征博引，生动丰富，颇见“文革”前大学生的功底。课下的她像另一个人，神情常常恍惚，走道跌跌撞撞的。在校园相遇近前叫她，她会吓一跳，像从另一个世界猛地被揪回，亮出苦苦的一个笑容。孩子的病影响学习，这是宁老师深深的心病。

起先，宁老师对我像对其他同学一样，一团和气，极少交流。后来有些转变，起因是我在她课堂上偷读课外书，被她没收了。没收了五六本外国小说后，有天她把我叫到办公室，之前没收的一摞书堆在桌上，她跟我聊了起来。她说这些书她都没看过，但多少听说过那些作者，“都算是现代派作家吧？”然后她说，自己大学读的也是中文系，最爱读小说，不过那个年代她们爱读《钢铁是怎样炼成的》、保尔·柯察金，至于我读的那些，她也翻了翻，“不喜欢。”

那个下午，语文教研室只有我俩，逐渐西斜的阳光下，各自述说着心目中文学的模样，开始互相斥责对方的品位，后来互相理解，更在某些细节上互相赞同。最后宁老师说：“不管怎么样，课上也不该读课外书，纪律问题在其次，你该尊重我，我讲课也不是随便讲的，之前也会花很多时间备课。”

快要高考了，我考试成绩一向差，宁老师私下三番五次地表达了对我的忧心，劝我收收桀骜之心，对付高考才是正道。我不以为然。

有一天，宁老师神神秘秘把我约到办公室，命我把之前写的文章全给她，说要挑两篇有用。原来她有个大学同学在人民大学当官，分管那年招生。她从同学那里听说有特招名额，就琢磨着把我当语文特长生保送。

宁老师带我去拜见人大那位老师。以我看来，她那同学因为位高权重，一派衙门作风，不招人喜欢。宁老师在他面前却低声下气，还几近谄媚地呈上一份自掏腰包替我准备的礼物。这场面让我受了刺激，我明白，她为了我几乎付出尊严。出了门我对她说：您放心，我一定会考好。

拿到大学录取通知书那天，我骑车向宁老师家飞奔，要向她报喜。来到她住的大杂院，远远听到她家里传来斥责之声，是她正在训斥双胞胎姐妹学习成绩差，语调语气之复杂至今难忘，又气又急，又努力隐忍着，半像发脾气，半像哭诉。

那一刻我不知如何踏进这扇门，一个苦痛无边、隐忍半生的母亲形象，和一个如同母鸡孵小鸡一样呵护学生的老师形象，在我脑海中重叠、错位、交织，变幻莫测。

乌老师

乌老师是山东人。四方形鼓鼓脸，眉毛重，眼睛大，五官轮廓清晰，厚道淳朴之相，正是齐鲁男人的特征。

我读大学时，乌老师教我们文学史。不只他一人教，好几个老师，依照各自不同的研究方向，组合成四五人的教授小组，轮换上课。有人讲重要作家，有人讲文学社团，诸如此类。乌老师负责的是最不重要的一段，一看就是别人挑剩下的。一半因为乌老师脾气好，随时笑眯眯，谦恭的样子；另一半原因，乌老师是个工农兵学员。

那是八十年代中期，恢复高考后培养的第一批硕士、博士已经执掌教鞭，他们是地地道道的天之骄子，而“工农兵学员”转眼间变成学问差、能力弱的代替词。没人再去想，新培养出来的这些硕士、博士当初走进校园，第一个接过他们手中行李卷的、第一任他们的班主任，都是乌老师这样的工农兵学员。

乌老师们吃了时代的亏，但又谁也怪不得。被人蔑视，也只能把那些鄙夷的目光和轻浮的议论吞进肚子里，找背阴处自己慢慢消化。平日里还得时刻保持谦虚谨慎状态，处处行事小心翼翼，不然会更被轻视，甚至，被骂。

学校开始新一轮职称评定工作，教授、副教授的名额拢共没几个，僧多粥少。乌老师在这个学校教了小十年书，还是个讲师，而他的学生中已经好几个教授。有天下了课，我正往宿舍晃，乌老师骑车追上来，寒暄半天，几次欲言又止。最后终于忍不住开了口：我申报……评教授……据说……这次要听……学生意见，你帮写一份……话没说完，乌老师脸已涨到通红，大大的眼睛直往下耷拉，羞得什么似的。

那次评定的结果，乌老师的学生中又有几人成功晋级副教授，乌老师落选。乌老师邀了几个给他写意见的学生，到实习餐厅聚餐。他说，早想感谢，可评选结果不出来，怕有贿赂之嫌，没敢。

乌老师一如既往地笑眯眯，一如既往地教最不重要段落，一如既往地骑着那辆擦得锃亮的自行车，在校园穿梭。隔日我们上大课，看到乌老师也在教室最后排的犄角处坐着，低着头。上课铃响，讲课师进来，照例扫视全体同学，算是与学生互致注目礼。扫到乌老师时，讲课师一愣，继而微微颔首。我回头看，乌老师正尴尬地笑眯眯。这位讲课师，是他的学生之一。

课后我问乌老师，任务？互相听课评判？乌老师笑眯眯地答：不是不是，来取取经。到底是博士，讲得真是好。

我们毕业了，我去一家出版社报到上班。斗转星移，人越来越忙碌，大学生活的点点滴滴早抛到九霄云外。一天傍晚，正在办公室收拾东西准备回家，突然有人敲门。竟然是乌老师。

寒暄之后，乌老师几乎是嗫嚅着表达了来访目的——又一轮职称评定开始了，系里说了，乌老师一把年纪，没功劳也有苦劳，无论如何解决一个副教授。不过乌老师硬件不合格，没有学术专著。可这么多年下来，没写就是没写，再说什么也来不及在一两个月里写出一本专著啊。于是系领导又说了，编一本什么吧，系里睁只眼闭只眼，照顾一下。

乌老师说完，从随身携带的一个旧旧的公文包里掏出两个厚厚的档案袋，袋子里是乌老师编的书，一部文学作品赏析集。乌老师说：我知道这书没人买，不能让你为难，我准备了三万块钱，就算自费出书，行么？

望着乌老师满是期待表情的那张脸，我使劲点了点头。乌老师脸上顿时绽放出欣喜的光泽。又从包里掏出一个信封递到我手上：辛苦你了……这个……一点意思……

乌老师又一次话未说完，脸红到脖子根儿，仓皇欲逃。我一把揪住他，信封硬塞回他手里，什么也说不出来。这时，乌老师重重重重地叹了一口气，脸上万般神情瞬间滑过。

杨大姐

去年几个朋友合伙儿做善事，修缮京郊的一座古庙。为此招了几个工作人员，有看院子的，有管账的，有养花种草的，还有做饭的。

做饭的是位老大姐，姓杨，梳两根大辫子，已经有些花白。说话底气足，声若洪钟，步伐铿锵有力，完全不像一个快六十岁的人。

杨大姐是朋友介绍来的，来前通电话，我说这边属于公益性质的事，所以薪水微薄，请她好好考虑。电话那头干净利落脆的一口纯正京腔：不是个庙嘛！我喜欢！我就喜欢庙！明儿你在么？我几点到合适？

第二天下雨，早早跑到庙里等杨大姐。下午四点了还没信儿。正琢磨着因为下雨，可能人家计划有变，人到了。甫一见面，全无初次相见的尴尬，杨大姐像老朋友一样说：“雨还真大，我从房山过来的，路远啊，等急了吧？”

杨大姐随身带个小包袱，随便一搁就要求带她在庙里转一圈：“熟悉熟悉情况，尽快投入工作。”我说不急，您先瞧瞧，满意了再来。杨大姐两眼一瞪，愕然的样子：“什么意思？你不是找我来做饭么，怕我做得不好吃啊？我之前在房山也是跟庙里做饭，人吃人夸，不信你打听去。”我赶紧说，不是那意思，是要看您愿不愿意。杨大姐说：“没见我包袱都带来了！这么着，你先带我转一圈，回来我就做晚饭，反正也到点儿了，你吃吃看，要行，就给我安排个床，打今儿起我就住这儿。”

在庙里转悠时，杨大姐不停赞叹：好地方啊，清净啊，太喜欢了。转到后院，我指着一座塔说，史书记载这是华严宗某祖师塔。话音未落杨大姐猛扑上前，咕咚就跪那儿磕了仨响头。站起身来，膝盖上两摊大水印。雨还没停呢。

那天晚上杨大姐做了面筋青菜汤，炒了个蘑菇，外加一盘红烧豆腐，我们几人吃得碗净碟光，啧啧赞叹，心想难怪杨大姐那么自信。

我不常去庙里，偶尔去，甭管啥时候，都见杨大姐在忙乎，有时在厨房，有时在院里拣石子儿，归整草坪，给各种树修枝剪叶，一刻不闲。见了我必迎上来打招呼，若是逢上饭点儿就会问：吃了么？后院有种的小青菜，揪两颗给你下碗面？

一天傍晚，杨大姐手里择着菜，和我坐在院里聊天。话赶话儿地聊起她的家世。地道北京人，一辈子心对口、口对心地活着，一件自私自利的事没做过。以前在个工厂上班，经济大潮来了，厂子倒闭了，她就到房山一座庙里做饭，既是为稻粱谋，也圆了自己的梦。她吃斋念佛几十年了。杨大姐总结自己，唯一毛病是脾气不好。之所以如此，她说因为自己是个老姑娘，一辈子未嫁。从小梳辫子，从未改过发型。说到这里，一向泼辣大器的她，一反常态突然娇羞起来，“老姑娘都会有点脾气，您别见怪。多亏天天念佛，天天吃素，要不脾气更大了。”

冬天头场雪后，杨大姐找我，简洁明快地说，侄儿媳妇要生小孩，让她去伺候月子，要离开我们了。说完又多解释了一句：我特喜欢你们这群人，特喜欢这地方，可是岁数大了，得为将来考虑，自己没孩子，真得指望这侄子啊……言至此处，杨大姐突然沉默。

杨大姐又带着来时带的那个小包袱走了。送她的人说，临行前她到庙里各个殿磕了三个头。

小张

小张是个理发师，我找他剪头发好几年了。

理发师这称呼太传统，时兴的叫法是造型师。遇上我这样只理发不造型的，小张挣不了什么钱。好在有的是讲究人，烫发染发，要做标新立异的发型，自己又老拿不定主意，这时就需要小张帮着设计并完成。

小张驻足的这家美发店生意好，过年都不歇业。老辈人的讲究，正月里不能剪头，所以正月里能开的美发店，定是客人足够多，总有人不在意那些忌讳。

几年前我搬到新居，一切收拾停当，看看满头灰，就下楼冲进这家店。洗完头，正巧小张闲着，就请他帮我剪。小张问：怎么剪？我说：没型儿，您看着办。剪完回去家人猛夸，说好多年没剪出这么精神的头啦。从此就固定找小张。对此我多少有点煽情的想法，觉得万丈红尘中，一朝相遇即有默契，自有因缘。

店里大约七八个大工，洗头的姑娘一律管他们叫老师。老师当中小张很特别，其他人都特有造型师的样儿，高高瘦瘦，腔调女里女气，却又肌肉突显，一股健身房味儿。小张不是，个子很矮，敦敦实实的。他是四川人，遗传的原因吧。也一点不女气，浑身圆圆的，但又不显胖，眼睛大，滴溜乱转，随时都在动心眼儿似的。

小张心眼儿是不少，比如别的师傅都不太在意剪发台的整洁，小张剪发的空隙，会用吹风机吹掉台面上的头发茬儿，永远干净利索。别的师傅都喜欢在台面上摆个获奖证书、奖杯，或者和某位明星的合影；小张也摆，有个2004年得的什么造型大赛的季军奖杯，还有和歌星杨坤的合影。但是小张不甘于随大溜儿，身边的墙上还挂了一幅书法作品，一个大大的“发”字，既指示了行业特征，又代表了发财的美好愿望。

有一阵儿小张老不在，问那些姑娘，她们颇带艳羡地说，张老师自己当老板啦。原来小张拉拢一个老乡，筹了钱跑到南城开了自己的发廊。仔细一看，果然原来的剪发台边少了那个“发”字。我心想，小张这回真要发了。

找小张剪惯了的头发，在别的师傅那里总也剪不如意，其实大半是心理作用。正难受呢，突然就有一天，小张站在我身后说：还是我来吧。

小张一边给我剪着头发，一边感慨生意的难做、老板的难当。他说自己的发廊客人太少，难以维持，关了。

小张虽然吃了回头草，比原来还是上了台阶。美发店新辟了一间贵宾室，由小张主持。贵宾室的价格是大堂的两倍，但找小张的回头客依然络绎不绝。那个“发”字被挂回贵宾室最显眼的位置。小张的眼睛还是天天滴溜溜乱转，像是又在盘算什么新计划。我跟他开玩笑，下次再走通知我一声，别又不辞而别。小张连连说好。

小张还是食言了，今天去剪发，一进大门老板就笑着说，小张又走啦。我还有点不信，兀自踱进贵宾室，果然“发”字又不见了。这次小张没有跟店里交代去了哪里，是自己又开新店了，还是改行干别的了？无从知晓。回家路上，一边摩挲着老觉得没剪整齐的头发，一边想，如果哪天在街头和小张邂逅，希望他的眼睛还是滴溜溜乱转，那就表示，他还在向前进。当然，如果目光自信而笃定地告诉我，墙上挂的那个字已变成了现实，也不错。

小罗

前两天路过琉璃厂，才知道那条路早已被拓宽，原来路口有座敦实笨重的过街天桥，要算标志性建筑，不知什么时候也被拆了。

由那座桥，想起小罗。十几年前，桥修成揭幕的那天，小罗骂了人。

那座桥下有家店铺，小罗是店里的售货员，分管笔墨纸砚、篆刻印石、画册书籍三个柜台。我那会儿住虎坊桥，离得近，又正在跟一个老先生学写字，所以常从他那里买点东西。第二次去买的时候，他一脸诚恳地笑着问：您真勤快，上回那卷毛边纸，这也就十来天吧，都写完啦？我当时一愣，心想他怎么知道？过后感叹这小哥记性好，天天手下几百单买卖，对客人居然过目不忘。

类似这样颇显老派的优良作风，小罗身上很多，例子举不过来。一言以蔽之，就是得了琉璃厂老店温文尔雅、尽心尽责好风气的真传。

刚开始，我和小罗的所有交道都在三尺柜台前，每次不过一两分钟。最多叨唠两句何年的墨纯，何地的纸好，从无多余家常话。他姓罗，还是听店里别的伙计叫他才知道的。

虽然没唠过家常，眼睛耳朵可没闲着，时日一久还是大略知道些他的来历。比如小罗的口音和我认识的一位老作家一模一样，老先生是河北人，所以小罗也肯定是。再比如，逢年过节店里伙计倒休，别人换来换去，小罗却从不缺席，由此我又认定，小罗和家人的关系可能很紧张，十七八岁，正是叛逆期。

后来证明，后一条猜错了。

那年除夕，起大早去小罗店里买点红底洒金纸，准备回家写春联。琉璃厂家家户户张灯结彩，一派节日气氛。还在店外，就见小罗站在柜台里，愣愣地在看门口一个大爷抖空竹，神色有点忧郁。可我一进店，他脸上迅速绽放职业的微笑，与此同时，一声“过年好”脆生生在耳畔响起。

碍着过年的喜庆，我纯属客气地问：不回家过年啦？

小罗手指敲敲柜台：这儿就是家，当伙计的，没资格回家过年。

我又问：爹妈也落忍？

小罗说：爹妈早不在世啦。

小罗这样说时，仍是笑着，但我一时语塞，心里明白那笑全是为我，只为我是他的顾客。在小罗这样的年轻老派讲究人心底，对顾客只能有一种态度，就是伺候。

这样的小罗，如果不是亲眼所见，我绝不相信他有朝一日会骂人，而且骂的就是顾客。

过街天桥通行那天，我又去买纸。小罗正忙着接待一位阔太太模样的顾客，耐心细致地向她展示各种熟宣，柜台上已经摞了好几卷。

阔太太操着台湾腔国语，无论小罗拿出什么纸，都碎嘴唠叨尽情抒发着不满，嗓门很大。小罗一点不怵，在阔太太指使下，继续爬上爬下往柜台上摞宣纸，逐一详细介绍。正在这时，阔太太不知什么来由突然爆发，猛然把手中一卷宣纸朝地上一胡噜，同时鄙夷地对小罗说：都是些擦屁股纸，太烂了嘛，还要来骗我说有多好……

全店的人，连店员带顾客，都清清楚楚听到了阔太太的吵嚷，老板赶紧过来一脸堆笑询问出了什么事。此时的小罗，忽略过老板，双眼严厉地盯着阔太太不放，腰却弯了下去，把地上的那卷纸拾起，拍拍上边的土，一字一顿地对阔太太说：我在这店里，阅人无数，纸是有灵性的，它会记住你这张臭嘴！

小罗虽没上过几年学，可“阅人无数”这样文气的话，平常在他口中时时迸出，颇有古风。而在如此古风的衬托下，“臭嘴”这样的话，就算小罗最恶毒的骂人话了。

从那以后再没见过小罗，听说他从那家店辞了职，回了老家。

小月

小月是我家的小时工，四川姑娘，二十七八岁，眉清目秀的，喜欢笑。她每周来我家两次，擦擦地抹抹灰。有时候忘了洗的碗碟堆着，她也主动洗了。听她说，在别的人家还管做饭，“那家人还挺爱吃的”。

我老睡懒觉，有时小月按惯例时间来，敲门没人应，就先下楼溜达会儿。再来开了门，笑盈盈问一句：刚起吧？说完闷头干活儿，一点不责备我耽误了她的时间。

小月昨天来时，身后跟着另一个姑娘。小月说，大哥我要走了，以后她来替我行不行？

新带来的姑娘，是小月的嫂子。小月一家人，好多都来了北京，都在这小区周围做工。每次小月来，我会趁家中正乱，请楼下小卖部的人来换饮用水、回收旧报刊什么的，来人一进门，小月常常用家乡话跟他们打招呼，很熟的样子。后来知道，换水那小伙子是小月的邻居；收废品那大哥是小月的姐夫。

小月拎着块抹布忙里忙外时，我一般在书房上网，任她在外边折腾。收拾到书房，我就起身给她腾地儿，偶尔闲聊几句。

小月说，有个儿子在老家，该上学了，她跟老公远离家乡来北京打拼，为的就是孩子能好好上学，上大学，然后过上好日子。小月说，说是打拼，其实比在老家清闲多了，在那儿天天起早摸黑地下地，收成还没准儿。在北京呢，每天都能睡足觉，挣得比家里还多得多，到冬天，带好几千块钱回家过年，乡里乡亲可羡慕了。

小月说，平常尽干活儿了，不太想儿子，“爷爷奶奶看着呢，放心”。小月说，固定服务的几家人，对她的工作都特别满意，她也挺自豪。小月说，白天都排满满的，晚上清闲点，就打打小麻将。

小月说这些时一直低着头，手上活儿不停。不过，低着头也能感觉她在笑。

我问，血战到底的四川麻将么？小月这下很惊讶地抬头问：对对对，你也玩吧？

小月下个月要走了，我问她，在这儿不挺好的嘛，干吗要走啊？回老家？她说不是，要去广西，因为老公在那边“开了个门脸儿，忙不过来”。

小月的老公也在小区里做过工，工作好像和电梯有关。小两口经过两年的辛勤劳作，攒了点儿本钱，小月老公颇具开拓精神地远赴广西，开了个门脸儿，自己当老板了。做的生意，是废品收购。

小月说这些的时候，笑得更灿烂，想来一是因为老公有了新事业，一切充满了希望；二来好久不见了，就要久别重逢，打心里往外乐。

今天读报，正巧提到小月的老家，是个国定贫困县。想起大约十年前我去广西，因为是国务院扶贫办的一趟公差，所以一直在桂西北的国定贫困县东跑西颠。当时政府费了牛劲，帮山区赤贫人口建设了新家园，有水有电，可是到了搬迁的日子，村民们谁也不愿离开原来的家。县领导亲自出动，逐个哀求，最后甚至不得已，佐以小小的威胁。

那场大迁徙的场景，当时看了唏嘘不已。山民们排成两列散了架的纵队，人人一步三回头，回眸昔日家园，泪洒不长庄稼的峰丛洼地。

由此想到，那些人如果像小月一样，到城市“打拼”一段，又将如何？可是那些眼泪又让我想到，离开家乡，对他们而言，难说是好是坏。

小郭

小郭今年二十八九岁，已经成了郭总。

最早认识小郭，是因为他和小张谈恋爱。小张是我们出版社照排部门的录入员，眉眼大大松松的，好媳妇样足足的。再早记不清了，最晚九六年，我编《中国作协第五次代表大会文集》的时候，一直是小张帮我改稿子。因为是文件汇编，一个字马虎不得，前后改了七稿。小张有耐心，一遍遍不厌其烦，一直笑脸相迎。

那阵儿经常加班，一过晚饭点儿，小郭就来寻小张。小郭当时在这个城市另一头的另一家出版社照排部门做事。小郭来了，我的肚子就叫了，提醒自己该下班了。还有，就是别当电灯泡了。

小郭见我们在工作，就坐在小张旁边，抄起本书看。小郭戴眼镜，看着比小张爱看书，也比小张看着有主意。小张好像对小郭这一点非常欣赏，跟我说过：小郭可爱看书了。

后来小郭和小张开始谈婚论嫁，与此同时，小郭决心创业。小郭和小张在一个大杂院租了两间平房，买了几台电脑，拉了几个我们照排的小姑娘，也支了一个照排车间。公司名字是小郭起的，叫“步步赢”。

小郭和小张有一天来找我，一脸腼腆说：往后照顾我们。我说没问题。从那以后，我的书稿基本都在小郭那里录入。好多作者都跟我去小郭那里改过稿，比如石康第一次出书，就开着他新买的白色捷达到那平房去过。

小郭用笨功夫，别人不毛校，他毛校，所以错误率极少，小郭服务又好，随叫随到，大礼拜天，骑着自行车满城转悠送校样。慢慢地，小郭的生意就好起来了。但是小郭的服务还是一如既往的好。

小郭生意扩大了，租了楼房，又换了更好的楼房，老是在搬家。开始是两间，后来是三间，再后来是四间。小郭把亲戚接来了，小郭把邻居接来了，最后，小郭把妹妹也接来了。再后来，小郭就成郭总了。

后来我在单位当了个小头目，自己极少动手做稿子了，和小郭只在单位楼道里偶尔打照面。小郭每次见我都特别客气，害得我每次都得跟他说，别老这么客气。我和小郭，虽然没有生分，但终究越来越不容易见着了。

今年夏天，我又忍不住手痒自己动手做稿子，自然去找小郭。电话打过去，小郭说，又搬家了，在华阳家园。去了看，一套三室两厅的大房子。小郭陪着我在屋内参观，努力压抑住内心的自豪说：我买下来了。话音未落，小郭妹妹走过来，身后牵着个一岁多的娃，竟然早已结婚生子。我正逗弄孩子，小张听到我的声音，也从里屋出来，挺着大肚子，满脸笑。

今天，还有零星雪花飘落，我去小郭那里改稿子，进门就有人说，郭总出去了，一会儿就回来，请您稍等会儿。小郭的妹妹从里屋出来，见我特别亲，听说我还没吃饭，赶紧张罗着跑到厨房下了一大盆饺子，吃得我快撑死。我问女小郭：嫂子生了吗？她说：刚生刚生，和我儿子居然是同一天生日，都是十二月四号。

看着女小郭甜美的笑容，看着小郭创下的基业，一时感到时间之河在窗外的雪花中流过。

小溪

三年前，我买了现在住的这套单元房。当时促我做决定的，表面看很多原因，比如喜欢板楼的南北通透、房价在可承受范围之内，等等。再往深里说，也是因为十几年来一直在西坝河周边打转儿，先柳芳，后三元桥，再左家庄，一通颠沛流离下来，和这条河日久生情，所以看到这楼的影子能投到河里，当即动心。不过这些都不是最后的决定因素，最终让我下决心的，是小溪。

小溪是这个楼盘的售楼小姐，快三十岁了，长得美，身材也好，看她接待顾客，举手投足都很有型，一看就是售楼行业的资深人士。头次见小奚，她向我做介绍，声音软软的，虽然职业气息浓厚，但有自己的独门修炼在里头。反正我就被迷住了，随她坐到宽敞的售楼处大厅，隔着巨扇的落地玻璃窗，面对秋日里绿草茵茵的日式庭院，小奚请人现煮的咖啡在面前冒着热气，我心里明白，如此一来，有效营销时间已被小奚全盘掌控。

小奚无意间说起，自己也在这楼盘买了个一居室，我听了心里一亮，不过表面装作若无其事，却开始反复地、多角度地力图确认她买房这一事实。我的道理很简单，她卖过那么多楼盘，最终选择了这里，肯定错不了。

之后来来回回办手续，直到住进新房，小奚不管多忙，都尽量陪着我。其实对她来说这单买卖已经结束，大可不必亲自跑来跑去。我心存感激，本来也愿意和她聊天，渐渐熟络，对她的了解也多起来。

小奚是新疆的汉人，独自来北京闯荡很多年，一直不太顺，对工作认真到较劲的程度，和人交往却不太会来事儿，不会花言巧语，也不太开玩笑耍幽默，所以只能硬碰硬，全凭实在取胜。她的这些个性我都看在眼里，所以有一次我突然问：你是摩羯座吧？她很惊讶我猜得准。

我和小奚前后脚住进新家，小区不大，常常会碰上，就站着聊几句。她好像越来越忙，每次说不了两句，就被随时攥在手中的手机来电打断。有一次我开玩笑说，买卖兴隆啊，不过要多留点时间给自己，该找男朋友啦，摩羯座可是以感情生活不顺利著称的。

不想小奚听了这话，立时有点走神，眼圈慢慢红了。我意识到说错了话，因为早从她的片言只语里猜出，她有相恋多年的男友，不知为何始终没有结婚。当时场面有些尴尬，还是小奚打破了僵局，没头没脑地说了一句：一切看缘分吧。我也赶紧找补道：我还知道好多摩羯座的优点没告诉过你呢，这星座的人，大器晚成的多，兴许你明天就该升职啦。

没过多久，小奚真的升职了，成了整个楼盘三期工程的销售主管。消息我是从别处得知的，专门打了电话祝贺。小奚道谢，语气很沉稳。

从那以后再没见过小奚，许是终于结了婚，从这小区的一居室搬到更大的房子里。有时晚间站在落地窗前，俯瞰整个小区的万家灯火，我会一扇窗一扇窗地数来数去，猜想哪一扇窗背后，曾经有过小奚活动的痕迹。

小童

小童生在淮河边的乡村，不到二十岁就嫁了。丈夫是邻村的，身强力壮，干农活儿的一把好手。可惜他们最有力气的时节，淮河两岸全是盐碱地，庄稼怎么精心侍弄也长不好。人口还密，就算盐碱地也不够种的。社会上兴起外出打工潮，小童男人卷了铺盖就奔了北京，留下小童和刚一岁的儿子。

儿子三岁那年，男人在一起电梯事故中丧生，小童傻了。除了种地带孩子做饭，小童不会做别的。最好的生存之计是再嫁，可农村瞧不起孤儿寡母，再说，恨不得全村男人都出去打工了，就算小童想再嫁，也寻不着人。日子还得照常过，上有老下有小，小童成了全家的顶梁柱。

勉强撑到儿子六七岁，家里实在穷到难揭锅，小童跟婆婆商量了好几天，一天清晨鸡刚叫过，小童也卷了铺盖奔北京。身后儿子哭得死去活来，小童忍住了没回头。

先在饭馆里做小工，包吃包住，每月还有几百块钱。住的就是饭馆地下室，平时就潮，一下雨更是满坑满谷的水，每逢这时，小童哪怕正和儿子梦乡欢聚，也得立即爬起来，抄起床底二十四小时常备的塑料桶往外舀水。还不到三十岁，小童的腰经常酸得浑身乏力。

小童有时看看偌大个北京，能容下她的，居然只有地下室那一条三尺宽的床铺，也心生豪气，一定要闯出条道，至少，不再住地下室。小童不放过任何途径，试图换工作，可她吃亏就吃亏在没文化，小学只上了三年多，甭管什么雇主，一听这，头摇成拨浪鼓。小童几次差点给人跪下了，仍然啥也没改变。

过年了，别的工友都回老家，小童想想来回路费够儿子在家乡上一年学的学费，就死忍着，一忍就是两三年。

有一次，饭馆里有人酒后闹事，工友被打伤，小童送他去医院。交药费时，小童听到两个和她差不多年岁的女人正用她家乡话打打闹闹，心头一热，上前搭讪，很快三人打成一片。

当天晚上，小童向饭馆老板辞了工，卷铺盖来到两个同乡的宿舍。也是地下室，不过位于三层地下室最接近地面的一层，没有那么潮。小童兴奋得一宿没睡，向往着她的人生新篇章——和那两个同乡一样，她要做一名照顾病人的护工。

一晃四五年过去了，小童照顾了从外科到内科大大小小几百名病人，成了那家医院里人见人夸的护工。常有病人私下里夸她：你比那些小毛丫头护士强多了，她们懂的真不如你多呢。小童会说：那有什么办法呢，人家有文化。

小童心细，几年护工做下来，摸熟了医院的上上下下，找到新的挣钱门路。急诊观察室和住院部病房不同，病床一个挨一个，挤死了，流动性又大，而偏偏这时候病人离不开家属。守夜的家属无处歇没处睡，一片东倒西歪。小童盘算好多天，最终投资几百块钱，买了五把躺椅，病房里一有空闲，就跑到急诊室里来回蹿，把躺椅租给病人家属，一宿十块。居然备受欢迎，没隔半年，小童又买了五把躺椅。

慢慢生活宽裕了，小童搬离了地下室，也舍得花钱回家看儿子了。春节，小童买张站票，一路站到家，大包小包的，没什么值钱东西，可都是小童辛辛苦苦攒下的。婆婆越来越老了，儿子呢，穷人的孩子早当家，才十四，已经成了男子汉。夜深人静时，小童跟儿子说：好好念书，千万别学妈，长大了到北京上大学，妈给你攒着钱呢。

小岳

好多女孩夸的年轻帅哥，大多数男人，尤其稍上点年纪的，都不以为然，他们一脸疑惑问那些女孩，你们管唧唧索索的“清秀瘦神经”模样叫帅？

可是小岳确实帅，女的男的都这么觉得，包括上点年纪的男人。

小岳老家是东北的，很早离开家乡来北京，后来又到国外呆了段时间，再回来，大家常诟病的东北人缺点一丝没有，常夸的东北人优点样样齐全。举例说吧，都说东北人特爱假仗义，小岳真仗义；都说东北人神经大条粗粗拉拉，小岳心细如发，一帮人一起玩，只要小岳在，没人会觉得受冷落，因为当你不适时，小岳必发现，且必设法带你融入，这一切还都做得天衣无缝，绝不会让你有受到特殊照顾的感觉而更不自在。

小岳的职业是厨师。可不是一般厨师，二十来岁就在北京租了个时尚地界，和同龄女友开了家西餐厅。女友管经营，他做大厨。小岳一门心思钻到菜式菜品上，菜谱上的当然早不在话下，但那非他志趣所在，他每天每时琢磨着怎么推陈出新，怎么发明新菜，总之钻在厨房不出来。我们这些朋友去了，他客客气气出来打个招呼，一分钟用不了就回厨房。我们都明白，他的心思全在那儿，没一点空间留给我们这些闲杂人事，从不怪他。

菜好，人好，装修好，有情调，餐厅很快红了，不少时尚杂志来拍摄，不少俊男靓女将它列做聚会首选餐厅。

可是好景不长，小岳小两口毕竟年轻，成长环境单纯，心里从不设防，总往好处想别人，结果因为那片房子拆迁，餐厅的生意不得不戛然而止。拆迁之事房东早就了知，但没告诉小岳。

那段时间，小岳像遭霜打似的蔫了，原来脸上时时挂着的由内而外的笑容，变得越来越勉强，脾气也偶尔躁起来，再碰一帮人一起玩，小岳自己能融入人群不闹个性就不错了，再无暇照顾他人。

有真本事真理想的人，从不怕挫折，可能一时萎靡，但不会纵容自己萎靡下去。没过多久，小岳心里默默地列了计划。总的原则是不能闲着，闲懒了再想启动就难了。他给自己是这么安排的：老想学吉他，趁此机会找个好老师，赶紧学起来，将来忙上了，怕没工夫呢。餐厅还要继续开，有了上次的经验，这次一定要谨慎，多找几个地方备选，不到万无一失，决不轻易下手。再有，一件巨大无比的事——和女友相恋好几年，结婚吧，办一场热热闹闹的婚礼。

那年的金秋十月，小岳的婚礼在京郊一座农庄举行。小岳身材、相貌都太没挑了，有足够的本钱穿了一身白西服，配上新娘子雪白的婚纱，别提多美了。宣誓的环节，小岳深情地给妻子戴上戒指，然后握着她的手说：练了半年的吉他，最大的梦想就是有一天能为你弹首曲子，现在我弹给你听，练得还不熟，可别嫌弃我。一曲《月亮代表我的心》曼妙地响起，新娘子眼泪哗哗下来了。

来年春天，小岳经过千挑万选，贷款买了一个胡同里的小院，献上所有热情、才智和劳动，从里到外彻底翻修，西餐厅重新筹备，店名不变。到了夏天正式开业，当年活跃在老店的顾客，又从北京城的四面八方分期分拨聚集过来，常常听到店里原本并不相识的互相打招呼:嘿，您也来啦！嘿，可不嘛!

小岳又一头扎进厨房，更不爱出来了。菜品翻新的速度更快了，每道新菜头次上桌，都是小岳亲自端着，像艺术家的作品首次见光，有兴奋，有忐忑，有期待……然后就听见赞美。

餐厅一角，竖着小岳心爱的吉他。开始几天还见他不时弹弄，渐渐地，随着店里越来越忙，小岳经常十天半个月都顾不上摸一下。又过一年，小岳的女儿诞生，那把吉他从此消失了。

小周

小周是西北人，单从身材看，倒像来自江南，瘦瘦小小，戴副黑框眼镜，喜欢读书，是个斯文的年轻人。

读书读到高二，小周渐渐对周围人事生厌，横竖心气儿不顺。十五六岁，正是每个少年的叛逆期，都觉得世界欠自己的。面对叛逆，大多数人在心里骂骂咧咧或者自怨自艾地忍了；小周呢，别看平时沉默寡语，脾气却蔫暴蔫暴的，突然有一天就弃学了，没敢和家人明说，留了封信，悄悄买了火车票来北京闯荡。

先到一家保安公司应聘，薪水微薄，好歹管吃管喝管住，只求先站住脚。小周身体单薄，还戴副眼镜，显然在保安行当里不吃香。可是小周稳重、少言，不挑活儿，见人先笑三分。时日一长，老板逢人便夸小周，同时自觉自愿地替小周谋划新出路。终于有一天，经老板介绍，小周跳槽到一家文化公司。

新公司在北京西山有座宅院，是公司的内部会所。院子几十亩地，平日需要有人打理、看护。小周吃住都在大院里，日常工作就是一早一晚巡视院落，遇有客人来，帮忙端茶倒水，人走了，打扫打扫，挺清闲的。西山空气好，院里又安静，整天只听到喜鹊满枝叽叽喳喳，人声车声像被彻底隔绝，上千年的白皮松树上，小松鼠欢腾跳跃，小周有时站在树下和它们逗着玩，一玩小半天。

头半年，小周一边享受着这种清闲，一边老觉得哪儿不对劲儿，有点躁动——年纪轻轻，怎么能过这种貌似退休老头儿的生活呢？是不是该去职场拼个你死我活，寻求更广阔人生才对啊？时日一长，小周看法有了变化。

公司从上到下文化人多，平日来会所的人，也都知书达理，谈吐文雅。小周在一边伺候茶局，大家谈话也从不避他。经常客人走了，小周巡视院落完毕，回宿舍上了网，把刚才听到的人名、事件搜索一遍，不时就有“听君一席话，胜读十年书”的感慨。学识在丰富，见识在进步，小周觉得这正是自己想要的东西。

公司领导是个佛教徒，来往的亲朋好友也不少同道中人，偶尔还会有些僧人来做客。听他们聊得多了，小周渐渐对佛法生了兴趣，悄悄在网上读些佛经。读着读着就读进去了，索性开了个博客，每天用电脑键盘，把佛经一句一句抄进博客，时时温习。

有一天，有个出家人来会所讲课，小周在后排旁听，不知怎么的，越听越觉得浑身都在使劲，一句话憋在喉头直要往外冲。下了课，喝了茶，吃了饭，出家人要走，小周送他到门口，那句话终于说出了口：我想皈依三宝。

几天后小周成了一名居士。那天晚上，小周打开自己的博客，一反只抄经不涉其他的惯例，写下这样一段话：

“每天都在看佛教书籍，虽然时日未久，所获有限，但尝一勺而知大海之味，让我感到佛法的高深圆润、博大精深……但是在我很多朋友眼中，却以为我是悟迷了，走到了消极逃世的路上了。关于这一点我不想过多地辩解，这个社会，任何人对自己的行为都是自以为是的。我觉得信佛是对，别人笑我信佛也是对。既然这样只能说：迷者自迷、悟者自悟。”

春节到了，院里其他工作人员都要回家过年。小周左思右想，盘算半天，决定不去挤那份春运，留守会所。既可以省点钱，也好趁着没人，密集学习，争取新年新气象，有个新突破。当然，家还是要回的，两三年没见父母了，春暖花开的时候，自己就满二十周岁了，回家去过生日。

老钟

初见老钟，在一辆老式上海牌轿车里。他五十多，我十二三。他在开车，目不斜视。我蹭车，坐在副驾驶位，东瞧西看。后排坐着个文艺界的领导，闭目养神。

老钟是专职司机，服务对象就是后排那位。

领导比老钟大十岁，经常看电影。那是他的工作之一，审片子。老钟也场场不落。领导坐最好的位置，老钟溜边溜角找一旮旯儿，沾光看。很少看全，瞧着差不多结尾了，老钟赶紧摸黑走出放映厅，到停车场将车发动了，夏天先把冷气打开，冬天先把暖风开着，候着。老钟觉得这是一个司机必须做到的，工作就是这个。

老钟略胖，四方饱满的脸，四方饱满的体型，一看就是敦厚老实人。话少，但不闷，不管别人说什么，都跟着笑。有时大笑，有时微笑，很丰富，千言万语都能靠笑表达似的。这种人最适合给领导开车，瞧着有忠心，又不寡淡。从他嘴里确实撬不出半句领导的秘密。要知道，领导的车内生活很神秘，真碰上嘴不牢的可惨了。

只要不涉及领导，老钟的话少归少，还是有一些。比如聊电影，老钟过眼得多，且聊一阵儿呢。尤其聊到好莱坞电影里飞车追袭段落，老钟如数家珍。有次看完电影我又蹭他车，一路无语，但他一直皱着眉。领导到家后，他接着送我。突然问：你说那车门子都那样了，怎么还能开呢，不能够啊！说完嗞的吸了口气，接着琢磨。很明显，他把那些特效做出来的车技都当真了。亏得岁数大，从未在自己车上试。

领导对老钟还不错，有人送礼，偶尔也分点给老钟。那是八十年代，物质生活极为贫瘠，领导收的礼物也就是一条红塔山香烟、两罐龙井茶、几盒土特产什么的。老钟总是千谢万谢，然后再分给同事们，并且说成是领导让分的。只有一样，老钟收到绝不与他人分享，就是酒。老钟像很多北京老大爷一样，每日必喝，但每次只两三盅。只喝白酒，好坏随缘，不挑，喝完就睡。只要不确认可以睡下，老钟绝不喝。老钟说了，谁知道领导会不会突然要用车啊。

老钟长期跟着领导，慢慢地，大家发现他和领导越来越像，经常穿同样款式的中山装，风纪扣同样系得严严的，走路姿势也像。有天我跟他提及此事，我说看到哪本书上说的，一个警卫员，长期跟在司令员身后，本来内八字的脚都随领导扳成外八字了。老钟听了放声大笑，然后说：我们小老百姓，怎么能跟领导相提并论，可别瞎说。说完微笑。

领导在办公室工作时，老钟就在部里司机班的小屋待命。司机班其他待命的司机打扑克、聊大天消磨时间，老钟从不掺和。读书看报么？也不是老钟喜欢的事。他喜欢把各间办公室当废品堆着的大大小小用过的信封拿来，谨小慎微地拆开，将写了字的一面翻在里边，用糨糊重新粘成一个可用的。别人见了笑话：没见过这么抠门儿的。老钟微笑着说：好好的牛皮纸，可惜了儿的。

领导是政协的什么委员，所以七十才退休。老钟那年也六十了，一并退了。同事们很少见到他了，只是每月发工资的日子，老钟会来领工资。再后来，老钟不仅领工资，还需报销点药费。再后来药费渐多，老钟老了，也来得少了。但是逢年过节，老钟一定会去几个同事家拜年，同事们看到，老钟虽然老了许多，还是笑呵呵的。

茶人大林

大林与我同庚，属猴。她老公儿子也都属猴，所以她对属猴人有好感。她有自己的总结：属猴人最仗义。

我这两年忙乎上喝茶，深陷其中，耽误不少生计。好在有失必有得，喝到了不少好茶，还见识了各种路数的茶人。接触多了，我也有总结：滥竽充数的那些不算，真爱茶还能喝懂茶的群体中，性情之人多，灵气才气都不缺，但是不同程度地，骨子里都有点玩物丧志倾向。

大林也是个茶人，喝茶、藏茶，也卖茶。但她跳出了恋物窠臼，我管她叫“大”茶人。说她大，因为她的茶事都搞得大。喝茶专门拜了名师，壶里乾坤一求十几年。藏茶有几千平米的仓库，而且不止一地一处。卖茶论吨，一年几千万流水。规模到这地步，不得不开个门脸儿招待八方茶友，于是有了梧桐会馆。市中心巨大的老院子，九棵梧桐树圈起一片宁静。大林说，当初一见这地方便觉投缘，细考之后得知，此处早年是个幼儿园，更早年是个道观，怪不得，都是干净地方。

我这样的喝茶人，逮到好茶，一泡下去未如意，调水温，换茶具，要往回追。大林那天三泡岩茶同时开泡，北斗一号二号，水金龟，这么金贵的茶，同时开泡已经够奢侈，不想茶汤一出，众人叭唧两口，没叭唧到期待中拔萃的味道，神情稍现迟疑，那边三碗茶已被大林倒进剩茶钵。我暗自心疼，又终于忍不住把心理活动说出来。她的回应是，要喝就喝最好的，味道哪怕差了丝毫，不如不喝。

见过很多卖茶人，都觉得小器。小本经营薄利多销的，小字亮在脑门上，不过至少老实。更可怕的是那类假装大的人，纯忽悠型的，张嘴就是一副全国好茶尽在囊中、别无分号的架势，可手中茶偏偏又属“见光死”类型，这种人听着大，其实更小——小人的小。大林卖茶卖得大——大器的大，人家明明批走数吨茶，款也刷刷点过，但她过后偶尔喝到茶样，只丝毫不如意，大动干戈全部召回，情愿赔上数十万银两。问她，如此损失岂不巨大？她说这是小事情。

大林这话不是虚说，数十万银两当成小事，是因为心中有大目标，对此她倒不讳言，她要当茶王，全方位的茶王。这就好理解了，卖茶本已是诸多茶事之一种，更何况小到卖茶中的数吨茶叶。

老一辈茶人看重茶的玄意所在，重在细抠茶的口感、气韵、余味。越古越好，越纯越好，越是似与不似之间越好，看不上那些非要把茶数据化、机械化的人。大林虽然喝了那么多年茶，对这一套娴熟于心，但她公开提倡数据化、科学化，“拿数据说话”成了她的口头禅。

我对数据化论调一向不以为然，但是放下个人好恶不说，单说大林，也算是有不惮触犯老辈茶人的勇气吧。因为目标远大，便不在小节上抠抠搜搜。心里只有几百斤茶，当然可以一泡一泡细细谈玄，但是天天想当茶王的人，真顾不过来。

老孟

老孟是个摄影师，不是照片摄影，而是含金量足足的电影摄影。老孟的爸爸就是摄影师，新中国第一代电影人，到了老孟这辈，大学读了专业院校的摄影系，子承父业。

大学毕业以后，老孟开始搞创作，和好几个导演系的同学合作拍电影。那是九十年代初，电影业还不如今天这么孟浪，老孟这拨人无不怀揣艺术电影梦，远学伯格曼，近仿小津安二郎。当然这只是比喻。

剧组常设在地下室，外景地一般在偏远乡村，甚至沙漠无人区，老孟他们的追梦之旅很辛苦。好在那时商业大潮尚在朦胧，劳其筋骨还能有回报，慢慢地，老孟他们一伙人真折腾出些响动，被电影界称作第六代。

电影红了，红导演，红演员，老孟作为摄影师，有点幕后英雄的意思。偏偏老孟性格正如此，不显山不露水，遇荣誉往后退，遇苦差事虽然不至于向前冲，至少不退避。这性格自然人缘好，多挑剔的导演都爱找老孟合作。一部戏拍下来，剧组上至盛气凌人的女明星，下至场工财务司机，都和老孟成了莫逆之交。

摄影师是个力气活儿，几十斤重的机器天天扛着推拉摇移，身子板不灵真不行。老孟瞧着瘦骨嶙峋，机器一上身，步伐稳健，姿态从容，有板有眼。剧组的小姑娘看他那身段儿都看迷了，她们不知道，这气度可不是天生的，老孟为此付出不少汗水。

老孟定期去打羽毛球，一半是喜欢，一半也是为了练耐力练力气，工作中要用的，跟瞎打着玩不可同日而语。

日常生活中老孟是个严谨的人，处处有条理，做事讲究个先后顺序，极少随兴。到外地拍戏，一到驻地先上街，买俩塑料盆，一个洗脸一个泡脚，从不间断。晚上剧组人再闹，老孟定时睡觉，挺得直直的，睡下去什么样，第二天醒来还什么样。老孟的兴趣爱好也不多，能数得出来的有两件，打球算一件，另一件是看碟。只看电影，中外古今，博览群“影”，还是和工作有关。拍戏常在外地，一去就是三两个月，一回北京，老孟都要紧忙叨两三天，回回顺序都一样，先把自己洗干净，再擦车，加满油，然后冲向碟店，把不在期间出的碟都补齐。接下来的几天，老孟除了恢复打球，就是在家看碟，又为下一轮的工作做身体与专业上的准备。

好像一夜间电影就全面商业化了，老孟这些搞艺术的人，一时有点懵，抓不着要领。老孟一两年没拍戏，闷家里顺应这巨变。这么有条理的人，即便是闷着，也不会白闷，老孟趁这一两年时间，解决了婚姻大事。

婚后生活正甜美，当初找老孟合作的那些导演，又纷纷扑来找老孟。导演们一向在大处不糊涂，自然擅长宏观架构自己的人生，他们顺应时代潮流的改变来得快，纷纷拍起电视剧。老孟随和啊，电视剧就电视剧，还当电影拍就是了。

然而电视剧毕竟是电视剧，你当电影拍，投资方可不允许，事关白花花的银子啊。老孟开始觉得有点乱。有条理惯了，老孟一辈子最怕的事就是乱，本来不大的一张脸上，眉头天天紧锁，一时有点手忙脚乱，连羽毛球都顾不上打了。

好在没过多久，老孟适应了，开始一个接一个地拍电视剧，一年能在北京呆仨月就算不错。

现在的老孟，看着很春风得意的样子，不过身边最亲近的一些朋友心里都有点感觉，觉得老孟不像从前那样热爱摄影了，一向稳健的步伐，多少显出些无奈。

小琴

在网上搜索八零后美女小琴的大名，跳出十几个网页。细看看，其实就三条内容来回重复。再细看，连这三条也很相似，分别是一次交通剐蹭事故后小琴不服判决的申诉，因行车违规被扣超过十二分重回驾校深造，驾照未能定期检验被吊扣。

朋友们都批评小琴，说你怎这么晕哪，说你每天心思都跑哪儿去啦，说你怎这么不靠谱啊。小琴遇此境况，会一脸不服抗辩几句，不过依我看，她抗辩时也是晕着的，心思仍然不在当下的抗辩上。

小琴的确整天犯晕，每次外出，都会先在家门和院门之间往返数次。手机没带一趟，忘了包又一趟，车钥匙落了又一趟。这么折腾法儿，小琴和朋友约会就经常迟到，就又被围攻，说你怎这么晕哪、心思都跑哪儿去啦、怎这么不靠谱啊。小琴照例晕着抗辩，心思不在。

小琴也有指责别人不靠谱的时候。有一次在饭馆点菜，小琴盯着菜单突然脸红了，勉强瞎点了几个应付了事，然后压低嗓音诡秘地问同伴：这儿的菜名怎起得恁色情呢，太不靠谱了。一群眼睛齐刷刷瞪圆，聚焦在小琴指尖那个菜名上，可左右看不出色情在何处。小琴说：你看嘛，什么叫萝卜干毛豆嘛。她把“干”字念成了第四声。众人当场哭的心都有，愤怒之下，又把此事编进小琴的罪证账本，以便今后批评小琴时，随时摘出来使用。

开始大家分析，小琴之所以整天晕头涨脑、神情恍惚、心思爱开小差，可能因为睡眠不足。证据之一是，经常半夜四五点还见小琴趴在 MSN 上。大家就关切地劝她，年轻人正在长身体，一定要保证睡眠啊。可小琴说：夜里四五点？哦我那是刚醒，连轴睡了二十个小时，睡得好累。大家都知道，小琴还有个最大的特点是实诚，所以此话一出，彻底宣告所有同情都是自作多情。不过话说回来，大家的分析也还靠点谱——确实与睡眠有关，睡得狠也会晕。

一个人偶尔连续睡眠二十小时不稀奇，但在小琴却是家常便饭。表面看这也是典型的不靠谱，不过其中必有心理问题作祟。好在小琴实诚，在我启发性追问下，说出一些她的家庭实况。

二十五岁的小琴一直和父母同居，家教很严，自小到大从未在外过夜。正是疯玩野跑的年纪，不时会有孟浪一下的冲动，可父母对她关怀备至，她不回家就都不睡，死等。小琴很想独立，经济上一时又承担不起。一方面对父母有逆反心理，但又对父母非常依赖。小琴时常为这些矛盾焦虑不已，一时又没勇气冲破樊篱，就用暴睡抵御焦虑，一睡解千愁。睡多了自然晕，晕乎乎自然心思开小差，久而久之，得了个不靠谱的名声。

由小琴这一个例，想到身边很多八零后常被老辈人指斥晕、不靠谱，仿佛这是八零后的一个群体特征。可是，“不靠谱”这样的话，要分两头说，闺蜜之间互相批评，那是说着玩，甚至还有亲昵的意思，就像叫人小名小狗子小秃子一样。身为外人，指斥别人不靠谱，相当于一句废话，这样的结论毫无意义，因为这世上人和人千差万别，一切因缘而生，每一个不靠谱的背后，都有各自不同的心理、社会等诸多方面的原因，我们不如去讨论讨论这些原因。再从这些原因出发，探究其背后更深一层的因缘相生。这才是一个心智成熟的人该有的态度，那些只知道指责的人，无异于盲人摸象，目光狭窄还振振有词。依我看，这才叫真正的不靠谱。

小花

小花个子矮，还胖，胳膊圆滚滚，腰也越来越不显了，即便穿上那种特别剪裁以遮掩缺陷的衣服，腰也照样显不出。因此，小花对穿着特别在意。

在意不假，效果并不好。甚至越在意，效果越适得其反。问题主要出在两方面：一来小花是个过日子的姑娘，重事业，重家庭。快三十岁了，事业正在要劲儿的时候，小花不愿把工夫花在逛街上。穿衣打扮这东西，表面看是个形式问题，实则一门深奥学问，深奥到最后，是时间。时间拼不够，断然没戏。二来小花去年嫁了人，小两口儿都是工薪族，生活虽不至于有压力，但是又供房又供车的，闲钱确实不多。再说，小花特别疼丈夫，丈夫打扮得光鲜，被同事夸，在小花心里，比自己显漂亮还要快乐一百倍。

小花脾气直，说话直，心里亮堂堂，没什么弯弯绕，所以人缘好，闺中密友甚多。按说，她穿衣打扮不出彩，闺蜜们肯定会提醒啊，总不至于“适得其反”。事实上小花的闺蜜也的确经常诟病其着装风格，可是没用，成也萧何败也萧何，“脾气直、没什么弯弯绕”反过来理解就是太有主见、太执拗。小花对自己认定的事，必坚持到底，别人怎么嚼舌头都不听。不仅不听，还据理力争，争到面红脖子粗。

几年前一次聚会，我就听到小花冲她闺蜜嚷嚷：凭什么我就不配穿亮色？谁说亮色更显胖？我就喜欢亮色怎么着吧，我阳光我 HAPPY 我就喜欢亮色。

对于她疼丈夫，闺蜜们也会半开玩笑、半打抱不平地讥她不知心疼自己：女人嘛，老不买衣服，还叫女人嘛！这时小花就会瞪起圆圆的大眼睛，反过来训那帮闺蜜：败家娘儿们！就知道消费，不知道持家！

小花的执拗脾气，不仅体现在穿衣上，而且遍及生活的每个细节，成了她的性格特征。有一阵儿小花喜欢在一个网上论坛玩，时间一长，论坛里的常客们都成了生活中的好友。一天夜里，好友之一，一位以甜美娇嫩著称的姑娘，贴出一张自己童年的照片，引得坛内众人一哄而上，跟帖夸赞。小花也跟了帖，貌似夸奖了两句后说：让你们看看真正漂亮姑娘什么样！随后附了一张她自己幼时照片。

坛内众人明知小花绝不会记仇，所以一概直言不讳，纷纷敞开言路比较两张照片。比较的结果，有多少算多少，一致认为单从照片看，小花小时不如人家好看，差的还不是一丁半点儿。小花怒了，连发十几道帖，详细阐述自己更好看之种种细节。开始大家还开玩笑逗她，妄图说服她承认自己的确貌不如人，后来看小花一篇紧似一篇的回帖，逐个幡然醒悟——小花什么时候服过输啊！于是逐个缄口。作为肇事者的那位娇嫩女，更是忙不迭地、蹦着高儿地申明：谁再说我比小花漂亮就绝交！

认识小花五六年了，看着她就这样争着争着，从一个刚出校园的少女，争成了一个事业上大踏步前进的女强人。小花的本职工作是演艺经纪人，在小花眼里，她的经纪对象，那都是全世界——月球如果有人也都算上——最牛掰的人，谁敢不同意，就和小花争一个试试！

寒暑更替，光阴不经意间刷刷流逝，小花还从一个刚出校园的少女，变成了新婚的小妇人，照样喜欢穿亮色，花花绿绿，长短不一，仿佛专门和自己较劲，怎么显胖怎么穿。

小黄

刘晓庆唱过一首歌，里边有句词叫“我还是最爱我的北京”。这话搁小黄身上最合适了。小黄不是北京人，江南生江南长，二十二岁拎个大箱子到北京，原因说起来很文艺。

小黄上学时迷上北京的一本文化杂志，期期不落堆在床头，本本翻得起毛边儿。那杂志在网上有个论坛，她就没日没夜泡在里头玩。小黄特别有激情，每帖必回，每回必夸，而且夸得由衷。那些小黄原来常在杂志上瞻仰到大名心生敬佩的人，也在上面玩，慢慢都被小黄的执著感动，和她成了亲密网友。

小黄学计算机的，但经这论坛的熏陶，对原来专业心生厌倦，说起文化圈的事却如数家珍。又因为论坛上的网友大多在北京，小黄的心时时刻刻向北京飞奔。转眼该毕业了，小黄做了人生的大决定，去北京。

刚到北京时，正值论坛最兴盛阶段，网友们排着队请小黄吃饭，天天一小聚，两天一大聚，小黄那么害羞的小姑娘，猛然间习惯了一件事，拥抱，因为每个网友在她眼里都比兄弟姊妹还亲，小黄对身体亲密接触的接受，完全发自肺腑。

网友们大多在媒体工作，所以小黄在北京虽然没工作，但靠给朋友写稿子，即可维持生计。多年来对文艺圈的关注，让小黄写东西很快上路，加上年轻聪明，又肯吃苦，勤恳好学，不耻下问，把所有网友都当成老师，没过多久，小黄的采访稿比很多老记者写得都优秀。稿约越来越多，小黄再参加聚会，经常不等散席就恋恋不舍地先撤，因为还有几千字的稿债。

冬天降临，那个论坛仿佛随天气变冷而渐渐萧条，小黄经过密集见识各种文化名人，对北京的神秘崇敬之情也慢慢消退，对人生的聚聚散散有了些体会，开始期盼稳定的生活。文艺圈最势利眼，小黄虽然稿子写得好，但没有相关学历，很难在媒体找到工作。其实也有愿意接受的，但小黄起点高，一般媒体还真瞧不上。她去了一家公司，成了标准的白领丽人，但网友们都知道，小黄心里还是想当个一线报刊的好记者。

后来小黄故乡最大的报社招记者，她犹豫很久，征询每一个亲密网友的意见，又做了个大决定，拎着大箱子回故乡。上火车那一刻，小黄把来送行的网友抱来抱去，眼睛哭得肿成桃。

小黄回去后，很容易通过了考试，很快成了报社的主力记者。分管文化娱乐，所以常来北京采访演唱会之类。每次来都乐得合不拢嘴，逐个拥抱新朋老友。可一到该回去的时候，就又哭成泪人儿。有一次分别宴上，小黄借着酒力突然一拍桌子说：奶奶的，我还是最爱我的北京，我要回北京！

小黄迅速回故乡，从那家报社辞职，又杀回北京。从那以后小黄有了明确目标：回北京，当好记者，二者缺一不可。可是世间万事，哪件不是说来容易做来难，一晃三年过去了，小黄在北京与故乡之间奔突无数个来回，还是没能将两个理想完美统一起来。北京不缺工作，但没有小黄看得上的媒体；原来的报社随时欢迎小黄回去，但她又舍不得北京。

小黄脸上不时现出愁云，偶尔居然会感慨：唉，老啦老啦。

这个秋天，北京的天格外蓝，小黄突然接到故乡报社的正式邀请，请她作为报社的正式员工，筹建报社驻京办事处，就由她常年驻扎北京。和小黄初来北京时被大家请吃饭不同，这回是小黄分期分批地请大家吃饭，每一次饭局开始，小黄照例和大家狠抱，然后亮着嗓门宣布：这回我真算个北京人啦。

小丁

假如在半夜，MSN 上小丁还亮着，我会忍不住凑上前刺激他：又加班？小丁一般回应一个挠墙，或者发疯，或者捶地痛哭的图标。我会继续往伤口上撒盐：还在公司？他就继续用图标哭到爆。

加班是小丁的生活常态，常到他早习以为常。偶尔正常下班，正常歇个周末，反倒觉得不正常，会在 MSN 签名上欢呼。

小丁属于八零后年纪最大的一拨儿，今年三十岁了。供职于一家著名外企，因为业绩突出，二十多岁便成了中层干部，带着团队左冲右突，活跃于首都经济建设大舞台。

小丁是标准北京土著，不光本人生于斯长于斯，父母也都是北京人。小丁短短三十年人生，写成履历也是标准人生。十八岁上大学，二十二岁毕业，工作，开始恋爱。谈了两三个，经历了离散之痛，真命公主出现了。又谈了一两年，贷款在通州买房，结了婚。再过一两年，生了个胖闺女。妻子是公司同事，为了专心抚养闺女，毅然辞职。小丁独自挑起了养家重担，用他自己话说，瘦弱的小肩膀，扛起一老一小两个沉甸甸的王母娘娘。从此加班频率更密了。

所谓瘦弱小肩膀这样的形容，是典型的小丁式自怨自艾，不必当真。他身高一米八，体重八十公斤，肩膀足够壮实。这也是我敢于频频往小丁伤口撒盐的原因所在，一是因为他脾气好，二是因为他惯用这种貌似自怨自艾为自己减压。

小丁用网络日记的方式，跟哥们儿和熟人哭诉，不明就里的人看了，以为小丁命若游丝，连根稻草的重量都经不起了。其实呢，小丁的朋友们一看他在网上哭诉，就纷纷搬好小板凳集体围观，经常看到开怀大笑。并非这些朋友变态，实在因为小丁那些哭诉太有才了，生动、风趣、感染力极强。我这个退休图书编辑，时不常地被他那些哭诉感染得直想重操旧业，将其整理汇编，出本笑话集。

骂骂咧咧地自怨自艾，只是小丁生活侧面之一，这时的小丁只是在游戏，并不走心。走心的时候，小丁会不自觉地文风一变，网络日记突然变得怀旧架势十足。他会怀念当年如何热爱足球，热爱游戏，热爱搜集公仔，热爱 AV 女优……那是他快乐的少年时光。三十岁的人，尤其一个有了孩子的三十岁男人，怀旧怀得言之有物、从容得体，我是没见过出小丁之右者。不过，往往怀旧到末尾，小丁终会笔锋一转，甩出一两句骂骂咧咧的自怨自艾，把那股愈积愈厚的伤感气息消解掉。小丁是个实诚人，还是个明白人，不会允许自己栽在真正的自怨自艾中不自拔。

眼下又到了小丁一年中最忙碌的时段，他又开始在 MSN 上彻夜亮着小灯，大概实在没时间更新自己的网络日记了。每天晚上我打开小丁日记的页面，看到还是多日之前的老日记，不禁有些怅然。手下鼠标一点，不定又岔到爪哇国去了，心里却还想着小丁，以及千千万扎扎实实以苦为乐生活着的小丁们。

小侣

小侣皮肤白，比我们称为白净的姑娘还要白，白到出格儿。有时一起玩，有不相识的新朋友加入，会对她格外关照，因为看她脸色以为她身体不舒服。

因为白，一双眼睛显得特别黑。如此黑白分明、一丝瑕斑都没有的一张脸，让我觉得，这样的姑娘生在这个纷扰杂乱的年代，有点格格不入。如果生在山还是山、水还是水的古代可能更融洽些。

想象中古时候的姑娘，就像小侣这样吧，细眉细目，白白净净。说话慢悠悠的，从不大声。穿些颜色素雅、宽宽大大的衣服。走路步子小，但很稳，极少欢蹦跳跃。有心事闷着琢磨，能消化的，就当什么都没发生；消化不了的，写下来。难免也有写下来都消化不了的，就在可控范围内发泄，比如，找最亲近的闺蜜倾诉。

从古时候再回望，今天的姑娘大多情绪激烈，言行豪放，心里存不住事，稍有不顺心，必得当场一吐为快。这些特点，都和小侣没相干。

七八年前认识小侣时，她正在努力融入这个不太适合她的社会。她在一家杂志社供职，是个圈内公认的好编辑，工作非常努力，努力到脸色在她自然白之下，又埋了一层惨白，憔悴，走路像在风中飘。有一天，一伙人在簋街某座老宅吃饭，她一直紧蹙眉头，双臂不自觉地环抱自己。问她，说是这宅子阴气太盛。一般说来，这是人身体比较虚弱的表现。

很努力的小侣，在工作中的种种艰辛付出皆未得到回报，周围朋友都替她抱不平，小侣自己对此也困惑，同时很无奈。可是该工作了，还是扑上去。我在一边旁观，心里愈加肯定了一分自己的感觉：她和这个节奏如此之快、乱花渐欲迷人眼的年代，的确格格不入。

好在因了种种机缘，小侣的生活突然生变，随夫君离开北京，去海南生活了。她不再必须上班、和同事打交道，尽可宅着做喜欢做的事。从此，小侣突然活了。

先开始，看到小侣的博客几乎每日更新，没有闲言碎语，没有流水账，每天一篇小评论，电影的观后感，或是读书心得。篇篇写得认真，看法独立，从不人云亦云。感觉上，一部电影或是书籍对于她，都是纯粹一对一的关系，她从不管这书在社会上是个啥评价，这电影别人看了怎么说。我每隔一段时间去看，字里行间都是自在二字。

再后来，某天小侣突然发来一个文件，打开是部长篇小说，讲她经历过的一些事，生命中的一些过客，因为不少人物的原型我都认识，看得兴致盎然。同时看她把张三的脑袋、李四的胳膊、王二的腿拼接一处，不时会心一笑，赞叹她把握文字的奇巧而不失自然。

这个应该生在古代的姑娘，终于找到了与这个时代的相处之道，那就是通过某种媒介来感知这个时代、参与这个时代。这一媒介就是书籍、电影。无论是读书、写书、看电影、写电影，她都不必直接裸面这个时代，保持一定距离，但又不远离。这样的相处，让小侣越来越自在。

小朱

上中学时，对隔壁班一个同学羡慕嫉妒恨，因为他是“学通社”社员。“学通社”全称“北京中学生通讯社”，在北京中学生里，挑选综合素质极高的二十人入社，从此就算北京几家大报社的编外人员，写的通讯报道就能变成铅字，发表在报纸上。这是那个年纪的我一个梦想。

等到与小朱结识，得知他也曾是“学通社”社员，我已经没有丝毫当年的羡慕嫉妒恨了。十几年下来沧海桑田，写作、发表作品这类事，已经普通得不能再普通，就像摆个小摊、开爿小店一样，同时汇入一股叫“市场经济”的洪流，一并冶炼，没变成渣子不错了。

不过我心里明白，小朱成为社员的那个年代，必须是精英中的精英，才有这份幸运。也就是说，少年小朱是人尖子里的人尖子。

小朱后来顺理成章地读大学，顺理成章地读中文系。毕业以后顺理成章地到了一家报社，成了报社的骨干，再后来，成了领导。这一切都顺理成章，简直没什么可说的，因为他是人尖子，比起普通人，他有更多机会去做自己喜欢做的事。比如他喜欢报社，喜欢和文字打交道，喜欢文艺，所以他就去做了，而且做得好。

再比如，当小朱的同事天天为采访、写稿所累，年纪轻轻就一个个满脸菜色的时候，小朱演话剧去了。还不是那种自娱自乐的同仁式游戏，是要大剧场登台的，下边一两千观众呢，大门口正式卖票的。对，不如直接说出导演名字就全明白了：赖声川。怎么样？

演戏归演戏，本职工作没丢。那段时间小朱对赖声川剧组的独立采访、跟踪报道，外行人看个热闹，内行人看得出，那里头有钻研所以有深度，有胸怀所以有广度，有才华所以行云流水又真切自然。

说起来，有才华有胸怀，又肯钻研，是小朱这类“学通社”成员的共通之处。他们从小受到良好的教育，又因早慧，少年时代即出类拔萃，所以有自信；敢往大处想，所以有胸怀。这两步走完，来到一个分水岭，一部分人就此停滞，从此恃才自傲，一副盲目的天下舍我其谁之嘴脸，不择手段追求成功人士的一副臭皮囊；而另一部分人冲破虚名假利的迷雾，向更深处钻研，在健全人生观、世界观的道路上稳步前行，不忧不惧，勇于承当。小朱就是这“另一部分”中的一员。

我也由此相信，小朱不仅此前的一切顺理成章，往后的人生轨迹，也一定都会在这条顺理成章的道路延长线上，没什么可说的。他需要面对的，也许只是时间，继续扎实做事，经受时间的淘洗。

朋友当中，小朱以厚重、沉稳著称，所以，当他还是毛头小伙儿的时候，不少人说他少年老成；而到了三十五六，“少年老成”的判词变成了“老气横秋”。这显然是误读。就好比，有城府和格局大是两回事，看得深看得广，就很少会在细节上纠缠不休；一眼看穿问题核心的人，自然不会在零七八碎的事情上兜兜转转。

就拿谈恋爱这事来说吧，以小朱这样足足的青年才俊气质模样，大把姑娘围追堵截，但他居然素淡时日居多。开始我不理解，替他惋惜。因缘凑巧，有一年在上海与小朱相遇同游，某日两人在陕西南路地铁站逛完季风书店，出来等车，我郑重向他推荐一个我们共同认识的好姑娘。小朱听了微一沉吟，果断回答 :“老北京，理儿太多，我不成。”这时列车从黑暗的隧道深处呼啸而来，车前大灯映亮小朱的脸，诚恳又心无旁骛的神色。

老郑

去年春天，老郑到处求人走关系，给儿子找工作。儿子大学临近毕业，学计算机工程，成绩不算最优秀，至少也是中上水平，求职本来不太难，可是一找俩月没成功，原因出在老郑这里，他执死一条底线：要当官差。

老郑的盘算是，先给儿子找家政府单位去实习，熟悉熟悉工作环境，等到秋天再参加公务员大考。总之一定要当公务员，必须的！今年不行明年，明年不行后年。

儿子倒不以为然，老爹常为此事唠唠叨叨，儿子会不耐烦，有天没忍住，脱口而出讽刺：您当这是愚公移山哪？

什么今年不行明年，明年不行后年的……老郑一时有点懵，张口结舌。不过很快眨巴眨巴小眼睛，坚定地说：叫你说对了，就是愚公移山。

缺什么求什么，老郑这么执拗，是因为自己当年离开体制，至今后悔不已。

五十年代末老郑生在农村。七十年代，像许多农村青年一样，为了“农转非”参了军。白驹过隙，转眼退伍了，到京城某公家单位当个科员，稳稳当当喝茶看报。开始还挺美，后来经商大潮涌起，同村一个青年外出做买卖，成了万元户，这事儿刺激了老郑。

一个月黑风高夜，老郑躺在床上瞪着天花板，彻夜不眠，心算了一本小账——喝茶看报是舒坦，可十年不吃不喝，能不能攒下十万块都没准儿。自己怎么也比那位同村青年脑子好使吧？他算盘不会打，计算器没用过，心算就更甭提了，这都发家致富了，我怎能自甘堕落？

彻夜长考的结果，老郑放弃公职，自我流放成了个体户，选的营生是包工头。仗着当了几年基建工程兵，对建材市场熟门熟路，部队的营长、团长什么的家里又都正待装修，而老郑家乡在江苏，江苏人一向以做活儿细致闻名。天时地利，就这么定了。

不到两年，老郑超过同村万元户，成了村里首富。荣归故里，修了祖坟，续了家谱，家里摆流水席，大鱼大肉全村人敞开吃。老郑，一口白牙天天在村里人前闪烁。

老郑揽的活儿越来越大，从家庭装修到楼堂馆所，从分包工程到总包工程，挣得也越来越多，俨然成了个做大买卖的。老郑在北京成了家，生了儿子，住房越换越好。新房子住着，旧房子不卖，租给同乡出来打拼的人。

生活越来越好，老郑却渐渐有点困惑，晚上回家，越来越疲惫，越来越没心气儿。年龄增长只是原因之一，更主要在，为了揽更大的活儿，老郑需要和越来越大的单位、越来越大的官打交道。原来是科长，后来是处长，再后来甚至是局长。而每迈一个台阶就意味着，老郑赔出的笑脸更假，花在送礼公关上的钱更多。就这，人家的脸色还越来越黑，“甲方”越来越不好伺候了。

原来也累，不过只是身体累，现在身体照累不误，加上了心累。心累又直接影响身体，顿顿要请公家人吃喝，每喝又必醉，否则“甲方”不派活儿。老郑血脂高了，得了糖尿病，摁摁小腿一个大坑儿陷下去，肿得不成样子。老郑觉得自己眼睛越来越小了，那是天天逢迎各级公家干部，挤笑容挤的，眼部周围的肌肉都快痉挛了。

可是，放弃么？老郑没这魄力，毕竟是农民出身，京城没根基，虽说挣了不少钱，心里总不踏实，何况儿子还在上学。再苦不能苦儿子，老郑继续熬。

开始想，再熬几年，儿子大学毕业工作了，就退休不干了。后来某一天，老郑看着儿子拿回来的成绩单上一堆喜庆数字，陡然想到，让儿子去当公务员！只要是公务员，就有机会做各种“甲方”，老子当了那么多年“乙方”受的气，挨的苦，儿子一定要当甲方，必须的！

今年秋天，老郑的眉头越来越舒展，和生意圈的朋友们聊天时经常会说：不行我帮你问问我家少爷？人家现在可是公家人！

老林

老林是个香港人。不过从目前情形看来，这只意味着他拿香港护照，人却一直在北京，在北京工作，在北京生活，十年了，是他迄今为止人生的四分之一。现在他管到香港叫“去香港”，到北京叫“回北京”。

十年前老林刚到北京时，闹过不少笑话，其中之一是，他住朝阳区，有天被朋友约到海淀，办完事看看地图，朝阳就是隔壁区嘛，反正年轻力壮，准备走回去。两小时后，他对照地图搞清自己所处位置，仍然没出海淀区，当时站在街角摸脑壳——两个小时，足够他在香港横跨十几个区了。

老林少年在香港，求学在澳洲，最终读到博士，学科是营养学。关于这一点，和他共事多年的同事，或者相处多年的朋友听说之后，第一反应无不张口结舌，因为在熟人眼里，老林喜欢喝咖啡，但基本都喝速溶的；老林米面都吃，但经常是方便面、盒饭。朋友聚会，有时为在哪儿吃饭争执不下，老林会不耐烦地说，吃个饭还要吵半天，很无聊嘛，牡丹楼好了。“牡丹楼”就是麦当劳，香港口音念出来，就一副大酒楼的气势。

老林在吃喝上的品位，很像一个讲究点小资情趣的民工，和博士，尤其还是营养学博士全不沾边。

确实有人将老林比成民工。有位朋友和老林相约，去很体面的会所，谈很正式的事情。老林露面，朋友一惊，只见他穿个棉猴，背个双肩背的小包。本来身材就瘦小，这副打扮更是扬短避长，朋友当场讥讽，戴顶草帽扔民工堆里，还真挺难发现的。

这么一说，好像老林是个落魄香港艺术家似的，其实不然。正像八十年代初在北京提起香港人，大众心里会直接默认对方的身份之一——有钱人，老林不差钱。他和朋友合伙在北京开了家顶级 SPA 会所，生意很好，被国内外很多专业评审机构誉为京城最佳SPA。

于是朋友们又跟老林开玩笑，说真正有钱人就他这样，山珍海味没兴趣，偏好麦当劳这一口儿怎么着吧。老林先是笑着谦虚，说跟人家那些富翁比，自己绝对是穷人，然后很严肃地说：道理倒真是这样，你看那些黑社会老大的照片，基本都像我这样，又瘦又小，没几个长得有气魄。老林说完，转头跟一个做导演的朋友申请：往后你要拍黑社会，让我去演一下嘛。

老林看过不少黑社会老大的照片，这类历史八卦，是他最喜欢的事。听老林聊天很过瘾，因为八卦极多，不过不是演艺圈、娱乐界的八卦，他的八卦专业领域，是藏传佛教。藏传佛教的正史了然于心自不必说，难得在于，他对野史更是兴趣浓厚，真下工夫去搜集、考证，天长日久，真快要到“无一句话无来历”的境界。比如跟老林逛拉萨八廓街，老林甚至能说出街边每块石头的来历。这话不是吹牛，老林的八卦是有专著的，不止一本，多年前有一本叫《与西藏有缘》，至今被众多西藏迷奉为必读书目。

老林是个资深佛教徒，挣的那些钱基本都贡献给佛教事业了。他在香港成立了一家基金会，致力于修缮藏区寺庙的大善举，引来不少追随者。老林的精力也绝大部分花费在这事上，世俗事业的SPA会所，单从时间分配上看，像一件可有可无的事。

北京人一向不太瞧得上香港人和上海人，北京人说一个人不像香港人、上海人，那是对他最大褒奖。从这意义上说，老林真不像个香港人。

老万

老万不喝酒，不管什么场合，也不管什么人劝，怎么劝，软的硬的，就是不喝，说是喝了过敏。可是老万分明一副能喝的样子。

老万今年小六十了，走道儿带风，站着像拔军姿。嗓音浑厚，话剧团出来那种，离近了听，耳朵嗡嗡的，你想中气得多足啊。老万爱聊天，不过他聊天有个特点，要么一句话不插俯首甘为听众，要么哇哇大长篇儿。虽是长篇大论，可你当听众老也听不够,因为讲得可生动了。再看他的表情，忽谛听，忽皱眉，忽探视，忽琢磨，忽挤眼，忽撇嘴，忽戛然而止，忽开怀大笑……不弱单田芳、袁阔成。

由此不难看出吧，老万是个性格外向的汉子。当然，性格外向并非善于喝酒的必然条件，可老万还是生意人。生意做得很大，多数还是国际贸易，所以整天绕世界跑，全地球上的国家，去了总有一半以上。出国对普通人而言是大事，走前且准备呢，回来且回味呢，可在老万这儿，因为太频繁，抬脚就走，眨眼又回来了，从不拖泥带水。偶尔与家人度假除外，日常一律独来独往。为提高时间效率，一般赶大清早的航班，要不就夜航，总之自己悄悄起来，媳妇儿子还在梦乡，利利落落出门。极少专门道别，如同北京去趟天津随时去随时回，有啥可道来道去的。

生意都是从无到有做起来的，都有第一笔第二笔第几笔的，哪笔做得大胜，就是所谓的第一桶金了。老万阔了之后，国际谈判必在当地聘个翻译，可是早年起步时，从来都是直接和各种肤色的外国人谈。老万会点儿英语，词汇量加起来不超过二百，其他语言更是一窍不通，可连比划带画图，也都谈下来了。老万说那会儿就牢记一个原则，不见兔子不撒鹰，没什么合同不合同，看不懂哪敢签，必须一手交钱一手交货。

当然，做生意，哪怕是国际生意，也不是擅长喝酒的必然条件，可老万一度还是某大国企的掌门人，有行政级别的那种，手下管着好几千人，上头还得小心伺候着党政军高级领导，随时有来视察的，随时进京汇个报开个会，不时还有正式外事活动。身处这般职位，还是在老万供职的那个年代，不擅长喝酒的不多。

好吧，上边说的都不算，老万还有一条最该能喝酒的原因——他是个新疆人。新疆的汉人，父母支边，他就生在新疆，长在新疆。下过乡插过队，也在新疆。直到恢复高考后读大学，都没离开新疆。新疆长起来的汉子，酒量大小各有千秋,可哪有滴酒不沾的呢？更何况老万大学读的艺术系，主攻绘画，是当艺术家培养的，不喝酒？滴酒不沾？

其实老万早年喝酒，而且很能喝。一瓶伊力特不带喘气儿就干了。不喝冷啊，老万说。那会儿他在农村插队，壮劳力，挖水渠，一挖大半年。老万实在，不甘落后。再说想要改变命运，就得拼命干活儿当先进，当了先进才有可能提干、回城，诸如此类。所以别人挖十米，老万挖十五米；别人挖五十筐泥，老万挖六七十筐。赶上三九严寒，身上早被汗湿透了，大西北不由分说的刺骨寒风一吹，骨头真好像被吹出了筛子眼儿。实在支撑不住，喝几大口最劣质的土烧酒御寒。每天回到工棚衣服都顾不得脱，就倒头去爪哇国憧憬好日子去了。

太久不洗澡，身上臭到连自己也被挑战忍耐极限的时候，春天来了，水渠完工了，老万终于有时间去澡堂子洗澡了。衣服脱光，袜子却怎么也脱不下来了，一缕缕丝线，嵌到脚底板的肉里。

老万是恢复高考的第二届大学生。其实第一届招生时就考了，而且成绩过线可以入学。得到喜讯那天，老万拿出全部积蓄，请朋友大碗喝酒大块吃肉。酒至酣处疯啊跳啊唱啊抱啊，算是和插友们告别。最后一丝清醒尚存时，老万对同席一位同样分数过线，却整晚滴酒未沾的女知青说，明早务必叫我起床啊，咱俩一起走啊。

第二天，是老万他们这些“天之骄子”入学前的最后一关，体检。和考试同等重要，必须参加，只需体检表上划划勾，就可以收拾行李去学校报到了。可是老万一觉睡醒，太阳都快落山了。老万扇了自个儿几个响亮的大嘴巴，疯了一样奔到县城，想求爷爷告奶奶，可都不知道谁是爷爷奶奶。

老万那年没上成学，留在村里继续挖渠。从此老万不喝酒了。开始是下决心戒酒，后来老万发现，其实不必有意去戒，别说喝酒了，一闻到酒的味道就从头皮到脚底都难受，所谓过敏不是说说而已，真的全身会起大片大片的红疹子。多年以后，老万才能做到单闻酒味无不良反应。

第二年，老万再次考过分数线，人生揭开新篇章。有好事者曾经问过那位女知青，那天为啥没叫醒老万。回答是确实太兴奋，一时忘了，绝无半点他意。好事者将这答案告诉老万，老万很淡很淡地笑了笑，一个字没说，不过从此再没和那女知青有任何来往。

老秦

照现在年轻人的看法，老秦这代人什么倒霉事儿都摊上了。儿时赶上大跃进，吃不饱。求学时遭遇罢课闹革命，没学上。该走向社会时，上山下乡风潮正烈，被发到村里面朝黄土背朝天。可算好日子来了吧，他们老了。

不过要说现在的好日子怎么来的，老秦这代人功劳最大。改革开放的启动，都是老秦这代人折腾的。他们仿佛整个社会的脊梁，他们不像老人那样挥洒自如，也不像年轻人那样少有顾忌，他们是忍辱负重、最为艰难的一代。

八十年代初，老秦历经磨难，快三十岁了重回校园读书。

毕业后加入援藏队伍。很快因表现出色在当地做了官。又几年，调回北京，在我曾经供职的出版社当领导。

老秦刚到出版社时，有一天上级部门领导来视察，临时有杂事需处理，暂时借用老秦的办公室。我不知情，但正巧有合同要找他签字，象征性地敲了敲门，拧门把就要进。说时迟那时快，突觉身后一股罡风袭来，随即衣领子被人死死揪住。回头一看，竟然是这间办公室的主人老秦。他食指竖在唇边，示意我别出声，然后压低声说：部长在。说完毕恭毕敬跨步到我前头，轻轻地、轻轻地再次敲响房门。老秦当时那神情，让我差点骂出四个大字：奴颜媚骨。

后来相处时间长了，见到的事情多了，关键是自己也成长了，渐渐理解了老秦的难处。他从外地调来，在部里没有根基，上有责难下有埋怨，夹板气少不了要受着。加之老秦性格内向，心里有苦强憋着，久而久之，就成了那样一个人。很像巴金的《家》中那个大少爷觉新，委曲求全，郁郁不乐。

老秦这代人，多少“大少爷”啊。

有一年老秦去外地找作者谈书稿。路上遭遇车祸。撞得不是非常厉害，同车有老秦的大学同学，仅只皮肉受伤。这同学见自己无事，赶紧问老秦怎么样。老秦回答：不太好。

这同学后来回忆，一听这话就明白出大事了。他与老秦同窗四年，太了解老秦了，但凡能挺得住，他连哼都不会哼一声，而且必定会先照顾别人。“他是个特别特别自律的人，自己有苦绝对不说出来的。”同学说到这里，作为佐证，说起他们读大学时，一帮同学在老秦宿舍扎堆儿，纵论天下，挥斥方遒。突然床头闹钟声音大振，老秦立即起身，黑着脸把大家轰出宿舍。因为闹铃声意味着，他给自己定的每天半小时英文阅读的时间到了。

后来得知，老秦赶上了最小概率的事情，撞车的刹那头部正撞在前排安全带的金属扣上，导致颅内大面积出血。医院全力抢救，老秦暂时保住生命，可是成了植物人。维持一个月后，心跳停止。那一年老秦四十六岁。

老秦和妻子多年分居，历经磨难，好不容易在北京安了个名实相符的家，生了孩子，过上稳定生活，前途无量，就这样撒手人寰。他的儿子才三岁。

老秦葬在八宝山革命公墓，每年清明我去给父亲扫墓时，都会专门去看看他，心里为当年差点骂出口的那几个字有悔意。

老袁

八十年代初，老袁还是小袁，上高一。小袁喜欢画画，墨笔山水，跟着班上的美术老师学。国画想画好，初学就得好笔好墨好宣纸伺候，小袁家境不好，父母虽然不反对儿子多学习，但是真供不起啊。再说眼瞅着考大学了，怕小袁分心，严令禁止。

小袁孝顺，说停就停了，不过那颗喜好艺术之心鼓鼓的，没处安放。学校阅览室订有一份《大众摄影》杂志，小袁看多了又迷上了摄影。

管阅览室的老师也喜欢摄影，所以订了这份杂志。他见小袁整天看，英雄相惜，把自己一台磨得很旧的珠江牌 120 相机请出来，带着小袁学。很快，小袁能和老师一同研究探讨了。

小袁好想有台自己的相机，可是家里宣纸都嫌贵，相机当然更没指望。小袁只能偶尔在老师的千叮咛万嘱咐下，借他的相机拍两卷。越得不到就越迷恋,万事万物莫不如此，小袁注定要和摄影结一世的情缘了。

尽琢磨摄影了，高考自然受连累，小袁只考了个中专。毕业后分配到一个工厂做采购员。厂里效益不好，挣不到什么钱，可毕竟有了固定工资，小袁连吃俩月馒头咸菜，终于买了第一台相机。最便宜的品牌，还是二手的。

相机好坏档次的差别太大了，便宜相机想拍出好东西，并非不可能，但对小袁这种已在理论上充分准备若干年的人来说,相机上摁钮太少,便很容易生出英雄无用武之地的感叹。

“采购”了好几年后，小袁结了婚，开始向老袁过渡。当时社会上正宣传知识改变命运，老袁想想，都数码时代了，为了买好相机，为了有时间摄影，当然还为了老婆穿衣打扮不至于太寒酸，也该改变改变自己了。看看当年同学，分到政府机关的不少人，因为有权，都不同程度地有了钱，老袁开始刻苦学习，报考公务员。

天公不负有心人，老袁赶上个好机会，民政局招聘下属公墓管理所的所长。部门特殊，很多人不愿去，老袁不怵，应考通过。一时间，老袁一家两口子的工作岗位成了朋友们热议的话题——老袁管公墓，而他老婆是妇产科大夫，生死两件大事，在他们小两口这里一条龙全管了。

来开后门儿的渐渐多起来。老袁脾气好，人品正，头脑又灵活，很快把公墓经营得有声有色，富了。那年做完年终决算，老袁看看会计送来的报表，瞅着总盈余数字后边那些个零，一拍办公桌，买台最好的相机！

公款买的机器，当然列入公家固定资产，不过老袁可以自由支配。延续十几年的相机梦终于圆了，从此一发不可收，一到节假日，老袁就开着所里那辆切诺基，绕世界饱览祖国大好河山，行李箱一大半的位置，留给那台沉甸甸的相机和它的各种配件。

越是拍得多，陷得就越深，老袁渐渐觉得天天坐班，只节假日才能出门，太不尽兴了。想到了就去做，老袁的决定是：四十开外的人，有资格培养年轻人了。

很快，老袁把所里日常工作都交给了手下人，自己渐渐淡出历史舞台。对此很多人不理解，局领导还找他谈话，说正准备提拔他呢，怎么就退缩了。

这些话老袁听着，心底并非一丝涟漪不起，出身贫寒人家，位高权重这种事，对老袁还是颇具诱惑力的。不过鲁迅说得好，“有谁从小康之家而坠入困顿的么？我以为在这途路中，大概可以看见世人的真面目”，老袁初步体会了只有摄影才是生活全部的惬意与闲适，渐次认清当官这样“困顿”的生活中，世人的真面目，再想要他回头有点难。

昨天老袁来电话，说又跑到黄果树瀑布拍片，说好美。

老罗

有天晚间，我们行走在一条乡村公路上，一行七八人，月光皎洁，人皆投缘，渐渐就走成一横排说说笑笑。这时身后射来汽车前大灯的强光，紧接着，汽车喇叭声。我们迅速变队形，走成一竖线。

可是喇叭并未停止，一直无端地嘀嘀嘀。我们前后看看，让出的道路足够两辆汽车并排通过。不明就里，各自心生纳闷。老罗突然从队伍里斜刺杀出，迎面挡在来车前方，扎稳马步。汽车大灯照耀下，老罗怒目圆睁暴吼：嘀嘀嘀，嘀什么嘀，开个小汽车了不起呀！老罗当时那架势，像要挑滑车。

像七八岁孩子吧？老罗六十开外了。

老罗是这样的人，眼里揉不得半粒沙。年轻时在台湾，骂国民党；后来到美国一住二十年，骂美利坚。逮什么骂什么，从社会制度骂到饭馆不干净。老罗学过武，身手矫健，常跟人打架，五十多岁还架约不断。为此老罗倒也丝毫不敢放松锻炼。他去朋友家串门，因为从不打招呼，经常吃到闭门羹。老罗不在意，当即脱光上衣，抓紧时间在朋友家门口呼儿嗨哟练上了。朋友半夜才回，远远只见门口一大白条肉吓一跳；近前一瞅，老罗满身细汗，死等呢。

老了老了老罗来了北京，一来喜欢上，住下了。没过几年，还在北京找了个媳妇安了家。是二婚，前妻早被他的臭脾气吓跑了。

老罗是个艺术家，画画写字。画的是国画，既非泼墨也非工笔，是介乎工笔与素描之间的风格。最常入画的是树枝、树干，都是枯的。还爱画石头，巨石细石，无不长相怪异。满纸枯墨，笔道雄浑苍劲，又不失怪意。画如此，人有点性格，有点小暴脾气，就不难理解，甚至觉得很合拍。

老罗卖画为生，名声不大不小，在如今这般混乱的艺术市场条件下，老罗号准了自己的脉——真懂、真喜欢他画的，不吝价格之高定要设法据为已有；不懂、不喜欢的，再便宜也不要。因此老罗卖画是走极端路线，三年不开张，开张吃三年。

老罗画得细，肯下工夫，一幅四尺宣，有时要画大半年。当然不只画这一幅，他会几幅同时开工，间或还夹杂着几幅书法条幅，泰山金刚经风格的，也是苍劲路线。字画都耐看，值得斥重金。

老罗除了画画，还是两岸三地著名的茶人。以前老罗在茶界也以脾气臭著称。找他喝茶，不是顶级货轻易别往他手里递，任你再好的朋友，会丝毫不留情面，直接吐出口。有次和他在一个鼎鼎大名的茶人家喝茶，人家一泡泡地献宝，家底儿都掏干了，他还在一口一口地吐。再儒雅再不计小节，也被惹翻了。出得门来我怪他，好歹留点面子嘛，搞僵了不太好。老罗铁青脸说，僵了算，反正没好茶，浪得虚名，从此不来往岂不正好。

现在不同了，老罗脾气好了，次茶固然少有机会近他身，但是之前为他嗤之以鼻的一些中高级茶泡出来，他再不喜，也只是口不沾杯而已，再不吐了。脸色还会难看一下，但是瞬间过后又持微笑之态，明显心里已经一来一去杀了个回合，克制住了情绪。

朋友们都说老罗定居北京后脾气好多了，不知是新媳妇照顾得好，还是北京这个城市养他。再或者，年岁渐大，内心柔软一面终被唤醒。

赵老太太

七十五岁的赵老太太每天这样度过——

早晨六点睁眼，先喝一杯昨晚晾在床边的白开水，之后并不急着起床，在床上做半个小时腹部和腿部体操。做完操，洗漱清爽，七点要看中央台的“第一时间”节目。看完开始做早餐，常是煮点粥，配以粗粮和三四样小咸菜。

九点，赵老太太下楼买菜。单为买菜其实不用天天下楼，不过她天天去，买新鲜菜在其次，主要想遛遛弯儿。俗话说，饭后百步走，活到九十九。赵老太太信这个。

十点，赵老太太已回到家中，一般会上网看看新闻。她还在理财顾问的推荐下买了基金，所以上网必不可少的另一件大事，是关注基金行情。都说现代人易有网瘾，赵老太太没有，网络对她来说只是工具，接受新鲜事物的工具，也是与亲友联络的工具，几乎每天打开信箱，里边都躺着几份老同事、老朋友发来的邮件，内容多是关于老年健康生活的。赵老太太有时看人家说得好，就再转发更多人。

十一点半左右，赵老太太吃午饭。午饭后小睡片刻，那时宽敞的四居室，是一天中最宁静的时刻。这房子里只住她一个人。

下午时光用来读报和看电视。赵老太太订了《健康文摘》、《作家文摘》等七八份报刊，每天浏览，过不了几天，这些报刊就在屋子一角摞成堆。隔两三个月，赵老太太招呼收废品的上楼清理一次。

赵老太太爱看电视剧，下午电视台会有优秀电视剧重播，一放好几集，不用一集一集地看着揪人心。看电视的同时，还会挑些家务做，择择菜，抹抹灰，也是借机活动锻炼。

赵老太太住在一个六层板楼顶层，很多朋友劝她，年纪大了，住六楼没电梯，爬着多累啊，换个房子吧。赵老太太说，它还帮我锻炼呢。真是，她每天至少爬两趟楼，上午买菜，下午五点左右下楼取报纸。

傍晚的家属院最热闹，老同事们在院里活动或者经过，赵老太太会和他们聊聊天，不时发出爽朗的笑声。

六点准时吃晚饭。吃完收拾停当，开始连看北京新闻和新闻联播。然后又是她钟爱的电视连续剧。这么大岁数了，还是经常会被剧中情节感动，流眼泪。不过也证明赵老太太的心还很活跃。

十点左右，赵老太太洗漱完毕上床休息，忙碌而充实的一天就这样拉上了帷幕。

赵老太太被单位拉去参加健康老人选拔赛，比赛规则里有一条，要选手提供一段展现自己生活的视频。赵老太太常看电视剧，对影视作品结构不陌生，默默在心里打草稿。最终决定，就拍“我的一天”，从早晨起床至晚间休眠，画面有条不紊。画面有了，赵老太太又设计用画外音方式，附加介绍，让观众能更全面地了解自己的老年生活。

赵老太太在画外音里先是介绍自己喜欢旅游，喜欢打太极拳、舞太极剑；又说自己爱好广泛，对新鲜事物都感兴趣，和时代脉搏共跳动；还说和子女、邻里、朋友无不来往融洽，和睦相处，极少有烦心事。

最后赵老太太说：我今年七十五岁，老伴离开我已经十五年了，三个孩子各自独立生活，算是个空巢老人吧。不过，独居老人自找乐，单身生活也精彩。我人老心不老，身体健康，心情愉快。

老郑爹

小时候生活在苏北一个县城，住在五金公司的家属院。那院子前头一片玉米地，后边一片核桃林，虽然整个县城也没多大，但比起闹市的十字街，这里还是荒僻了很多。

家属院被一道围墙隔成两半，围墙里三排大库房呈 U 型分布，围墙外五排红砖尖顶的平房，住着几十户人家。老郑爹住在中间一排的最东头，那是这个院子最佳位置，安全、核心、一览无余。

老郑爹也的确是这院里的核心人物，六十开外，已经退休，但是之前做过单位领导，而这院子里除他以外，都是售货员、司机、搬运工等平头百姓，所以老郑爹顺理成章，成了家属院的居委会主任。虽说是份不入品的闲差，可在大院，老郑爹威信极高，平时说话口气软软的，声音不大，人人都听他的。

威信高不是因为当官，老郑爹太不像当官的了，也不像当过官，否则也不至沦落到与平头百姓混居的境地。老郑爹的威信，全靠多年积德行善攒下的，厚道、勤俭、有担当、乐于助人。相由心生，老郑爹一脸纯朴，像个农村老大爷。

老郑爹确实农民出身，进城几十年，长相做派还是农民样子，脸上好多皱纹，额头尤其沟沟坎坎，笑起来，那些沟坎会平展些。

我在那院子住的时候，正逢上个世纪七十年代，全中国人都忙着批来斗去。批斗不下去了，就学《毛选》，还有各种白纸黑字的油印学习材料。白天在单位、学校学，晚上到家居委会继续组织学。可是哪有几个人心甘情愿这么个学法儿啊。老郑爹肩负组织重任，以他一贯之老实，不能不好好组织；与此同时，以他一贯之厚道，他又明白众人的心。于是每到学习日，只听老郑爹在五排房子之间穿梭，口中高喊：学习啦！学习五十四号文件啦！

所谓五十四号文件，是指扑克牌，五十四张。

每到学习日，全院的大人在老郑爹组织下，聚集一处，兵分几桌，打升级，捉黑叉。老郑爹自己不怎么玩，坐在门口放哨，以防别有用心者来查岗。一边放哨一边看着屋里一桌桌牌局，老郑爹满脸憨笑。

外人面前，老郑爹一副忠厚长者样子，一见老郑奶，就成了小孩子。老郑奶手脚勤快、动作麻利，平日见她洗菜做饭，嘁哩喀喳，忙而不乱，有节奏有气势。有这样的老伴，老郑爹乐得做个“妻管严”。俩人在院里散步，会看到老郑奶一会儿揪揪老郑爹起皱的衣服角，一会儿拍拍老郑爹后背的浮尘，老郑爹看着一副不要你管的架势，其实呢，很享受，眉间大大开开的。

老两口一辈子没生小孩，老来膝下无子，不免有些寂寞。所以老郑爹对院里每一家的孩子都特别疼，兜里永远备着小动物饼干、水果糖。

有年除夕，突然满院子听到老郑爹欢快的通知声：来我家吃饭！都来都来！我凑热闹跑过去，只见他家桌上堆满香喷喷的饭菜，蒸好的馒头摞在一边像座小山。屋里除了老郑爹老郑奶，还多了个人，一个解放军，齿白唇红，穿着挺括的绿军装，红领章分外耀眼，目光柔和地对我笑。

后来才得知，这是老郑爹当年收留的一个弃婴，老两口省吃俭用把孩子拉扯大，送去参了军。一去经年，孩子刻苦上进，节假日从不休息，很多年没回来过了。这次因为刚刚升职为排长，荣归故里。

那天解放军跪在老郑爹膝下，老郑爹使劲胡噜娃的头发。那天夜已很深的时候，还能听到一向说话声音不大的老郑爹亮开嗓子的笑声。

老武

老武四十岁上下，长得仪表堂堂，白，胖，金丝边眼镜后头，突着一双细长眼，有精光。老武穿衣服，喜欢把衬衫掖裤子里，三伏天儿也穿衬衫，不过长袖换成短袖，还掖裤子里，走到哪儿都背着手，很像电视里领导在视察。

起初在一场文艺青年聚会上见到老武，雪白的短袖衬衫，一看就是高档名牌，还是场面上的体面人喜欢的那种俗大牌，在一群花花草草、随意成性的T恤中，像一棵高大的云杉，挺拔而扎眼。

老武正跟边上人聊天，气定神闲地说起，他在国外看一场芭蕾舞，很震撼云云。然后，突然，特别不经意似的，老武说：他们国家的总理，就是那谁，原本和我同一个包厢的，后来家里突然出点事没来，耽误了耽误了，我还说问他个事儿呢。

从此觉得老武不是一般人，挺有背景。

不久又见老武，在一个红酒品尝会上。天气凉了，老武穿长袖衬衫了，还掖裤子里。那天老武在和一位职场成功女性打扮的中年妇女聊，我坐得不远，听到聊的主题，是茶与酒，又从茶聊到禅，引经据典，滔滔不绝。语调铿锵有力，很自信。说的都是总揽全局的话，比如说，比起红酒，茶的味道变化要差远了。

我平时好喝茶，听这话题竖着耳朵要往下听，那头却换了话题。老武对那妇女说：你好喝茶的话，明儿去我那儿拿，好几个部委的大秘们，别的不趁，就趁茶，一过节就往我这儿送，完全搁不下，烦死了。我听到此，不禁又羡慕的目光投过去，老武脸上真是烦死了的表情。当时心想，这老武不光有来头，还都是硬来头啊。

说来也怪，自打认识老武，耳边总有人提他，有说他刚在一场拍卖会上拍下一件青花瓷的，有说他刚从布拉格考察房地产回来的。甚至有一次听说，他去太平洋某个岛了，说要在那儿住几天。不过小住仅是表面现象，实则老武动了退隐红尘之心，听人说那岛不错，去瞧瞧，好了就买下。

这类消息听多了我又暗想，老武真是钱权皆备，不得了的人物，自不是我辈随意可以沾惹。从此有意远离。可是，偏偏自打认识老武之后，总在各种聚会上频繁邂逅，只得匆匆打了招呼，赶紧闪。

那年冬天奇冷，各路朋友之间，好似要配合天气的冷峻，走动突然少了，偶尔聚一次也是相对傻笑，不时冷场。以前天天聚的人，冷下来一想，其实也没什么可聚的，志趣并不相投，人品也并无互相欣赏，怎么就会密成那个样子呢？

不过有一次，冷场突然被一个话题冲破，一伙子人叽叽喳喳吵到夜半。这话题就是老武。

据说，最早是有一位喜欢较真儿的哥们儿，某次又听到老武聊到那场芭蕾舞，这哥们儿记性好，听着听着不对劲，不禁发问：老武你上次说的可是那国家的总理，这次怎么成议长了？

从此这哥们儿较上了劲，开始遍查老武的各种传说，得出来的结果大多是芝麻，但是人们口口相传的老武故事里，都是西瓜。比如那场芭蕾老武确实在场，他是某大媒体记者，奉命前去采访，确实被允许可进议长包厢，和其他十几家媒体同行，对议长进行集体采访。比如太平洋的那个岛，老武确实去了，是和女友度假一周。度假期间，老武和岛上居民聊天，说当地的农民房子，一平米只合人民币几百块，老武和女友不禁畅想，买它几十平米留作将来养老。

小顾

周末天气真好，春天再晚还是来了。朋友说，冬装一卸浑身轻，不如上山？我们就奔了西山，去探小顾。

小顾是朋友的朋友，当初他们刚认识没多久，朋友就来说，一定要认识小顾，这般那样。我这一通听下来，未见人已仰慕。

车过三环，四环，五环，继续向西。到山脚下仍不停，盘山而上。开始还是大路，两边旅游小商品店东一篷西一簇，癞头疤脸的样子。渐渐前行，目所及处，景象虽荒凉却空旷得清新起来。

一路上朋友接了小顾两通电话，交代怎么走。未见其人先闻其声，这份操心这份细腻，可见是个细心周到的品行。

路越走越窄，路穷处，半山兀现一个小村落。忘了叫什么“旗营”。下车步行，深一脚浅一脚地穿巷过巷，来到一个小院前。院门口小顾站着，阔脸但瘦，戴眼镜，斯文腼腆又不失刚强。旧蓝色毛衣，基本算个光头。很多人三四十岁了剃光头，才发现不知何时脑袋上留下疤，大多是童年嬉耍没轻没重的纪念。小顾后脑勺也有一个。

所谓院子，四五平米，灰砖铺地。一间大屋，隔成丁字型三间小屋，各七八平米。一间是卧室，一张床，一个床头柜，一盏台灯，一筐衣物。一间是厨房，灶台，颇有年头的两屜桌，桌上搁着切菜的案板，和刀。再一间是客厅兼书房，书柜，椅子，两个圆板凳，又一张两屜桌，桌上一张古琴。琴，是小顾自己做的，仲尼式。

小院对面还有间二十平米的民房，也暂时属于小顾。据说原来是间车库，被他改成斫琴的作坊。推门进去，房间一角堆着十几块琴坯，开了膛，安了雁足。

其实，旧蓝毛衣，包括物质条件，包括细心周到，包括斫琴弹琴，甚至包括穿越癞头疤脸的大路，深入荒凉清新的村落，所有这些，正是我之前听说的小顾，一路参观下来，只为亲临其境体会，并无惊异。而所有这一切，又都可以看作是对小顾这个人的描述。概而括之，我说他是一个隐士，一个苦行的隐士，一个当代北京苦行的隐士，一个当代北京苦行的年轻隐士。小顾是个“七零后”。

小顾江南人，读完大学去了一间名气不小的寺院，在斋堂做了一年饭，走了。后来小顾有缘跟了一位大琴家学琴，一学十年。再后来小顾找到这个村，租了这个院，又租了院对面的车库，一住五年到今天。

问小顾，为什么去了寺院却又走？小顾说，心里一根柱子倒了。还说，也奇怪，进去了，反而倒了。又说，好在还有一根柱子在。说到这里，小顾抚着琴。然后说，但愿这个别再倒了。又问小顾，怎么谋生呢？小顾说，不用太多钱，反正还活着，不很难。

午后阳光灿烂，照进小顾的书房，却是雾蒙蒙的，像拍电影布的景。其实不过是窗户玻璃脏了。我们坐着聊天，东一句西一句的，小顾无不细致耐心周到地回应，甚至是热情的，好客的。

请他弹琴，毫无扭捏，一曲《乌夜啼》。开始听只注意四弦有煞音。再静听，琴声里微有些躁。突然意识到，一个隐士，大概不太欢迎有人慕名拜访吧。

忘记在哪里看到的了，古时一个出家人，闭关十几年，出关后禀性有变，变得对这世界很冷漠。可是作为已有证悟的一个师尊，他对每一个弟子又无比细致耐心周到，甚至是热情的、好客的。

一念及此，起身告辞，下山。

东子

东子是我高中同学，长得颇具古风。瘦，一直不留发，面部干净，眉目细长，却又棱角很果敢的硬。夏天两件白色的老头衫来回换，冬天就一件黑棉袄，只穿里子，没有罩衫。总之，还是古风中的清癯一派。

东子老旷课，不是一节课两节课，或者一天两天的旷，而是经常半个月不露面。开始大家都奇怪，老师找家长，家长说了，谁也不知道他干吗去了，家也没回。这下老师更奇怪了，但看家长一副习以为常的神情，也只好随之任之，心里将东子打入另册，随他去。

当然，单凭家长一句话，老师不致如此决绝，老师也是目睹了东子在校期间种种行为，脑海里早揣了一百多个问号，家长的话不过是决断前的“最后一根稻草”。

东子如果来学校，也是独来独往，整天几乎不说一句话，也几乎不与任何人交流。课间同学们在操场踢球玩耍，东子戳在房檐下，凝神看似的，可心思显然不在。或者抬头看天，一直看，天上云彩确实分秒变化，可他显然也不是看云彩。

东子在教室坐着，班上同学如果嫌老师讲课没劲，思想开小差，就会盼着东子那里出点什么幺蛾子，解解闷儿。东子像是洞悉他们的心思，冷不丁儿就能拢点废纸，在课桌肚膛里点把火。一股白烟悠然溢出，紧接着一股呛人的烧纸味道充斥教室。课堂立马乱套，老师训，同学乐，有人喜，有人愕。东子逢这时候就呵呵傻笑，都乐出声儿了。

我那时也在人生疑惑期，心里百转千回，化作外表一个不合作姿态，也喜欢独来独往，喜欢旷课。旷了课就去学校边上一家中国书店，在书架前打发光阴，和古旧书收购部的老头儿聊天。在那里，不时会与东子相遇。

我一般在文史哲类书架前忙乎，东子每次去只看一本书，丁福保编的《佛学大辞典》。两个少年各自古怪着，互

相招呼都不打。只有一次例外，他溜达到我旁边不远处，从书架上抽出一本书，开始是一页页读，很快便哗哗哗翻，越来越不耐烦的样子。突然他手指头划拉着书页，很生气地对我说：全错！全是错的！全是错的！书放回架子上，我瞥了一眼，是本《西游记》。

后来有一天，课间我也在房檐下闲站，冷眼打量操场上欢快的人群，东子突然出现在身后，没头没脑地对我说，别担心，一切都没什么可担心的。我被说得一头雾水，莫名其妙地盯着他。他就补充说，要过节啦，你知道么，节就是劫啊，我们又要度过一劫啦。

那是寒假前夕，快过年了。

自那以后东子突然对我热情起来，有天居然还邀我去他家玩。他和哥哥住在大杂院一间小平房里。屋内摆设简单到不能再简，东子的哥哥正在一旁摆弄些电子元件。东子看我奇怪的神色，解释道，我哥是个半导体爱好者。东子粗暴地将那些零碎儿胡噜到一边，拿出本世界地图给我看，上边有蓝色墨水划出的不少线路。东子手指在地图上左奔右突，嘴里说着他的计划：穿红海，去耶路撒冷。我正不知如何接茬儿，东子的哥哥在一旁冷冷道，你甭听他吹牛逼，他长这么大，连东城区都没出过。

中学毕业后再没见过东子。有年冬天我在公车里缩手缩脚坐着，突然看到街边马路上，一个穿着黑棉袄的汉子，举着把塑料的青龙偃月刀，呵呵傻笑着呼啸跑过，旁若无人。那人很像东子。

小军

小军小时候，在班上是淘气孩子。眯缝眼一转，学习好的同学就怕，指不定什么恶作剧又要摊到自己头上。有次女班长被小军欺负急了眼，冲他怒吼：你这个旧社会过来的人渣!

小军的同班同学，大多生于一九四九年，对自己十月一日之前还是之后出生，无不异常敏感。女班长没错，小军确实比新中国早诞生一个月。不过小军不买这账，当即黑着脸回敬道：你懂个屁！我生在解放区，我爹我妈都是革命军人明白吗！你倒是生在新社会不假，可你爹是资本家!

小军住部队大院，院里孩子一茬儿一茬儿的，按年龄段拉帮结伙。小军在他那年龄段的孩子中，是当仁不让的孩子王，天天指挥自己的“兵”在院里啸聚，春天烧杨絮，夏天粘知了，秋天上树摘红叶，冬天雪人堆满院。

快乐的少年生活很快结束，社会乱起来，小军参加了红卫兵。又没过多久，小军唇上的胡子还没硬，上了“战场”。

第一次子弹从耳边飞过时，小军只觉得右耳顺着耳廓突然生出一股凉意，迅速蹿至头顶，继而全身像座冰雕。

那个火红的夏天，小军他们的红卫战斗队死守粮食局大楼。对面轻工局楼里，红旗战斗队仗着人多，始终占据着这场武斗的上风。密如潮水的子弹间歇飞来、飞过，小军渐渐习以为常。双方午餐休战，小军甚至把脑袋探出窗外，骂两句对面楼里的刘胖子。半年前，他们还同班上课，现在枪口相对。

几年后，刘胖子和小军被一列闷罐车一同拉到青海，等待他们的，是采石场繁重的刑罚，和三十年有期徒刑。他们拥抱，各自死死噙住眼泪，不让自己显得太尿。小军对刘胖子说：我们这一代人都被冤枉了！

每天夜里，同监号八个人都在心底呐喊：我们是冤枉的！喊到滴血。

喊到一周年那天，小军摸着黑对大家说：如果没人帮着申冤，我们就都废了。刘胖子说：可谁会帮我们？小军说：从来就没有什么救世主，也没有什么神仙皇帝，只能靠我们自己。必须整出点事儿来！

三天后，一场默不作声的告别仪式在监号举行。之前，同监的另外七人，把各自千辛万苦窝藏下来的饼干、烟、腊肉、水果糖全都掏出来，供着小军吃了抽、抽了吃。小军谁也不让，像个纯粹的爷。

熄灯。监号里静得让人发瘆。八个人直挺在床上，其中七个人明白，从此小军将与他们生死相隔。

第二天，拿刀片割破喉咙的小军，尸体被人抬出。

事件迅速闹大，引起各方关注。六个月后，和小军同时入狱的一百零八人被全部释放。而这一切，与小军当初的设计一模一样。

小冯

好多见过小冯的人都说，重拍《红楼梦》还找啥宝玉啊，小冯最合适了。

小冯大眼睛，长睫毛，满脸干干净净，一颗斑斑点点没有。脾气又好，从来不急，说话慢悠悠的，讨姑娘们喜欢。好多人心中的宝玉就这样。

说到演戏，还真和小冯有点关系。小冯戏剧学院毕业的，不过不是表演系。小冯这辈子从未演过戏，倒是当过话剧制作人，早年还带过演员。在他们行当里，“带演员”就是经纪人的意思。他负责带的那位演员，走谐星路线，意思就是以丑、怪见长，所以小冯带他去各种颁奖礼、演艺界派对，二人角色经常被弄颠倒，主角儿经常被当成跟班的招致冷遇。世事就这么残酷，单说谁丑谁俊难分高下，一丑一俊并一起，谁不服都不成。

小冯在文艺界玩了几年，很快觉得无趣，不带他们玩，改自己玩了。这一历程搁常人那儿，应该叫工作、辞职、创业，也算一场天翻地覆，搁小冯头上不过一场玩乐而已。小冯太爱玩，也太会玩了，关键在他有一颗天塌下来无所谓，只要有玩就成的心，所以任何事到小冯头上，就一个“玩”字。

小冯的玩可不是随便玩玩，一玩就是专业。改自己玩了的小冯主玩两样，茶和剑。

茶呢，小冯是茶道高手，一口茶下肚，何产地、何海拔、何品种、何树龄、何年份，直至当年当地雨水足还是旱情重，甚至做茶人的手艺几斤几两，小冯能跟你聊上俩仨小时，把那些树叶子草根子的底细全给你兜出来。

小冯不仅擅喝茶，还开了家小茶馆，不为营业赚钱，只为朋友相聚有个据点，多好的茶拿出来随便喝。不仅开茶馆，小冯还深入茶产地，自己做茶。不光做茶，小冯还收藏与茶有关的古董，史上名家的紫砂壶、愈来愈稀罕的茶盏托儿，琳琅满目。每次去他那里，都得先逛个把小时，也未必把他新收来的物件看全。我每次去了，最爱看他收的各种茶盏托儿，就是现在好多酒吧、咖啡馆时髦用的杯垫的前身。铜的瓷的，木头的犀角的，各种材质，造型各一，特别新鲜。

剑呢，小冯屋里挂着十来柄剑，柄柄有来历。有日本国宝级的明治时代制剑高手作品，也有中国古人传下来的名剑。小冯不只收藏，自己也能来两下子，他在日本专门学过剑道，有专业五段的证书，漫不经心随便比划比划，已是剑风凌厉，气势逼人。这会儿的小冯，当然就不像宝玉了。说起来，茶与剑，一柔一刚，也恰是小冯的两面性。

小冯的玩，有家传，基因里带的天性。小冯是满人，祖上是大清朝的皇亲国戚。正因此，小冯随便玩点什么，细节上都轻车熟路，雅得一塌糊涂，专业得叫人咋舌。好比有朋友结婚，别人都送大俗礼，小冯到高碑店找了件虽然破得不像样子，但仍属地道黄花梨的老家具，劈了，老木新做，照明末样式做了个官箱。临送出时，小冯让见过早年间大世面的奶奶把把关，问样式合不合。奶奶说样式正，不过不兴空着送的。于是小冯从家底儿里掏了把小珍珠、小翠件儿、紫砂件儿搁里头了。受这大礼的朋友几天合不拢嘴。

有人纳闷了，小冯哪来的银子这么玩呢？其实不奇怪，小冯懂古董，还愁没钱花么？就说前不久吧，一天小冯研究一件新从日本淘回的黄铜茶托，不知不觉彻夜不眠，已是凌晨。小冯毫无睡意，索性出门直奔潘家园。天不亮的潘家园文物市场，虽说九成九都是假货，但真有慧眼者，也总有碰着运气的时候。小冯那天摸着黑发现了一串念珠，当时没太看明白，但凭经验，凭学识，直觉是个好东西。小冯和商贩一通盘道，最后花三百块拿下，回家睡大觉。午后醒来，洗漱完毕，好茶伺候，一通擦摸洗揉，仔细甄别——Oh my God！

一个月后那串念珠被小冯几十万卖掉。

小蒋

傍晚，昆玉河畔一幢写字楼里，小蒋的目光从已经盯了一天的电脑屏幕上抬起。习惯性地抻了抻腰背，关电脑，下班回家。临出门前没忘抓一把鱼食，洒向办公室里用砖块砌成的大鱼池，里边二十多条锦鲤欢腾跳跃。

手机铃声响到第十声，出租车上早已滑入梦乡的小蒋被吵醒。是他熟识的一个救援队队长打来的："赶紧启动你的救援平台，又有人在磨盘山出事了……"小蒋全身肌肉一振，本能地看了一眼手表，十九点整。从这一刻起，作为小蒋的他退居二线，作为"巴顿"的他粉墨登场。

白天，小蒋是一间不大不小的IT公司总经理，开发软件、谈客户、做计划、技术改造；夜幕降临，如同蝙蝠侠换上一袭黑衣，他会变成“巴顿”。

北京登山爱好者的圈子内，“巴顿”是个响亮的外号，得名于他长得很像英达。英达在冯小刚电影里巴顿将军的形象深入人心，他便被山友们戏称为“国产巴顿将军”。他在山友圈中，因为进入得早，所以尽管因为腿伤已多年没有真正登过什么高山，但不少资深山友心中，有他一席之地。

至于他的救援平台，全称叫“58—85志愿救援网站”，服务对象是全国的“山友”。工作流程大致是，搜集各种与登山探险相关的资料信息，通过资讯整合以及一些技术设置，力争做到如有山友突遇危难，可以迅速启动，组织有效的紧急救援行动。

这个平台在小蒋看来，属“巴顿”专有，因为和他作为小蒋这一身份开发的所有软件不一样，它从一开始就是“巴顿”的一件私事、一件纯公益的事、一件好玩的事。小蒋说，自己爬不动了，能为还在爬着的人提供些支援，让他们爬得专业点，更有安全保障，是件很爽的事。

目前绝大多数登山行动，还处在随心所欲的阶段，有副好身体，买点户外装备，撑死了再备个无线电台，挑个地儿就出发了。在小蒋看来这太业余，太危险。成熟的登山爱好者出发前，除了那些必要的硬件准备，还会做计划书，公布给其他山友，一来可以获得对这条路线更有经验的山友的补充，二来万一发生意外，救援可以更及时、更有效率。

小蒋的“58—85”正是照这路子设计的，登山者只要加入他的平台，同时保持任何方式的通信联络，即可无后顾之忧。就像飘得再远的风筝一样，总有根线牵着。

话说那天，“巴顿”二十点整到家打开电脑，“58—85”上已有不少人关注此事，正在讨论救援行动的组织。他要做的，就是找出磨盘山的各种资料，有地理意义上的，也有其他山友之前的经验和建议等等，收集起来，再根据需要传递给前方的一线救援队。

果然，终于找到了他们最可能的迷失点。二十一点，两支救援队自北京市区出发，奔向磨盘山，“巴顿”在家遥控协调，分别从前山、后山两个方向向上搜救。次日凌晨不到一点，心一直提在嗓子眼儿的“巴顿”终于接到其中一支救援队打来的报喜电话，被困山友全部营救完毕。“巴顿”长出一口气，同时没有忘记迅速联络另一支救援队伍，请他们原路折返。

四点半，“巴顿”从沙发上的睡梦中挣扎着醒来，再次致电救援队，确认被困山友已顺利回家。“巴顿”这才关掉电脑，向卧室走去。最多还能睡四个小时了，四小时后，光明将重新洒满这个城市，他又要变回那个兢兢业业的 IT 公司总经理——小蒋。

小陈

小陈主意极多，脑袋瓜好像三伏天的冰棍儿箱，随时掀开，沁人心脾的一个主意就拎出来，无不奇思妙想，消渴解烦，正中下怀。

通常形容有类人，光长心眼儿不长个儿，看似贬人个子矮，实则夸人机灵聪明。小陈就是这类人，身高一米六将将够。

因为机灵聪明，小陈永远走在时代的前列。初进大学时，刚刚推翻父母两座大山的少男少女忙着谈恋爱。小陈五短身材，不在女生首选之列。小陈不怵，开始写诗。刚写几首便招来好多女同学的小粉脸儿。小陈目的达到后，很快投笔了。许多年后，同学当中有几位在诗坛小获名声，但他们心里明白，那是因为小陈不写了，否则没他们什么事儿。

小陈大学毕业时，社会还很传统，经济大潮尚未驾到，同学们死乞白赖要留北京，为分配单位风光与否斤斤计较。中文系的学生嘛，报社，杂志社，出版社，最不济也去当了各级领导的小秘书，以期将来大发展。小陈却是“春江水暖鸭先知”的那只鸭，一头扎到还很贫穷的广东沿海某小城，做了证券市场的红马甲。几年过后，同龄人都忙着下海的时候，小陈已经上岸了，把户口落在北京，找了个公家单位，结婚生子，过起太平日子。

生孩子这种瓜熟蒂落的平常事，在小陈那儿也不等闲视之。小陈中医世家出身，父亲乃威震一方的名医。小陈自己准备好了的时候，就把父亲接到北京，好吃好喝招待了，从父亲手中求到个秘方。十个月后某一天，小陈的一个同学兴冲冲打电话来，炫耀自己喜得贵子，小陈热烈恭喜一番后，很平静地说，可巧，我也刚刚有了下一代，俩，龙凤胎。电话那头的同学愧到忘记回贺，臊眉耷脸挂断电话。

渐渐地，一班同学都已“奔四”，在各自领域好歹都混出点模样，这局长那处长、C各种O，都在互相串联，要谋人生二次飞跃。偏在这种时候，小陈从公家辞了职，先是去了家民营企业做销售，不求名但求利，很快挣了大钱。然后，小陈急流勇退，刚过四十岁，居然自己给自己发了退休证。

同班同学们都在紧锣密鼓忽悠大事儿，小陈却热爱上了摄影。技术越来越好，当然，器材也越买越贵。小陈开着那辆跟随自己多年的富康车，天南海北转。和普通人外出旅游不同，小陈一走两三个月，按系列玩，古镇系列、老少边穷系列，诸如之类。两三年下来小陈瘦了一大圈，面色好到娇嫩，同学聚会时，大家恨不得想管他叫师侄。

小陈优哉游哉这几年，周边的同学可惨了，纷纷经历了人生最痛苦阶段。四十岁是转型期，大多脆弱，加之社会节奏越来越急，纷纷招架不住，今天这人抑郁症了，明天那人慢性病了。四周一片心灰意懒、退休之声不绝于耳，小陈突然结束了云游四方的日子，从众人眼界消失了。

小陈再出现时，冲大家一抱拳，高唱口号——无量寿福。原来小陈进山拜了师，开始学道。道家门派林立，小陈的师父是以道医见长的。小陈中医世家出身嘛，有底子，虽无处方权，但医道不生，甚至手里还有点小绝活儿。有中医做底再学道医，如虎添翼，小陈在医学上有了不小进展。

再有同学聚会，小陈最积极，他的目的很简单，看哪个同学身子骨不得劲儿了，帮着治治。有天当年的几个校园诗人聚在一起，酒酣耳热后，小陈酒杯一掷说：比写诗我现在比不过你们了，我就跟你们比比谁活得长。都来都来，都来比，谁也别落下。

小茹

大学四年终于熬到了最后一个夏天，学分修满，考试全过关，小茹的心野了，开始疯玩。白天睡大觉，醒着也是恹恹的。天一擦黑就满脸放光，跃跃欲试，冲出校园，融入北京洪流般的马路车阵，向饭馆、酒吧、夜店飞奔。

同学们都在忙正事儿，四处应聘寻出路，小茹看似不着急，天天玩，其实心里有更大谱儿。她可不想按部就班到公司或者什么国营单位从小职员混起，小茹的宏伟计划是，毕业后第一年，挣到人生的第一个一百万。

小茹的策略是，先直接进入事业成功人士的圈子，再寻求突破口。凭的呢，就是自己年轻貌美。

事业大成功者，岁数太大，都是父辈的年龄了，而且见多识广，身边也不缺美女，不合适。二十啷当岁的小伙子固然也有成功的，但不稳定，积累太少。最合适的，是那些三十出头的，在自己的行当已经打拼了十几年，小有成就，正是春风得意的阶段，心思正活，年龄上和自己也只有十来岁的差距，正合适。

小茹天天和这些“老男人”混，跟着吃跟着喝跟着玩，享受美女待遇，处处受照顾。有时候小茹也会想，自己这样是不是太功利了？转念琢磨，这些老男人，也是个个有才情，风趣幽默，比那些傻不棱登的同龄同学好玩多了，至少一起玩不闷吧。想到这里，小茹就坦然了，自己天性就喜欢成熟的异性吧。

更何况小茹还有一百万的目标呢。这一宏愿小茹从不掖着藏着，一次和几个老男人正喝泰奎拉蹦，欢笑中小茹突然发出这一豪言壮语。

“老男人”之一颇不以为然地问，你个刚毕业的小丫头怎么实现呀？愿闻其详。

小茹像在学校参加四有新人演讲一样，从容不迫答道：

就说你们几个吧，白天在各自的领域中叱咤风云，晚上凑一起就纯粹喝酒玩耍，从来没有想过合纵连横。其实你们之间就存在好多生意，但你们没这心思，也没这时间。没关系啊，现在有我啊，我来做这件事，我靠你们挣钱，但我挣的永远只是小头儿，大头儿肯定还是你们的，谁跟钱有仇啊你们！说到酣处，小茹豪情万丈，不让须眉：这个时代早不是做双鞋子挣十块、做一百双鞋子挣一千块的时代了，现代社会，必须要靠合纵连横，寻求利益最大化。

像小茹一样有宏愿的人很多，像小茹一样脑子灵的人也很多，但是到头来没几个人实现愿望，原因出在十人九懒。小茹不一样，有理想，也真实干，很快摸索到头绪，将愿望落在实处，起早贪黑真抓实干起来。

“老男人”们当然由着她，凡她要求必配合。小茹很懂事，每次提的要求都合情合理，从不为难每个人。“老男人”们毕竟社会经验丰富些，嘴上不说，心里明白，小茹能做到这一点，背后下了多少苦工夫。如此一来对小茹的照顾中，又多了些敬意。

一年过后，小茹和几个“老男人”冲到夜店蹦迪，天快亮要散时，“老男人”要买上万块钱的酒单，小茹一甩头发说：我买过了，今天是我毕业一周年纪念日，我真的挣到了一百万，算我请几位老大哥。

本来要散的酒局重又开张，大家为小茹举杯庆贺。酒至深处，小茹借着酒劲，恳请大家安静，说有事宣布。“其实，早就爱上你们中的一个人，但怕耽误做事，更怕关系复杂你们说我俗，一直强忍到今天，你们都不知道，包括我爱的这个人，今天，我实在忍不住了……”

小魏

小魏生于七十年代的江南，那时计划生育还不是国策，但她是独生女。父亲是东北人，母亲是安徽人。老婆婆们中间流传一个说法，说父母家乡的距离越远，子女的基因就越好。这话至少在小魏这里应验了，东北人的大高个儿，江南人的细腻肤质，长腿，五官清秀而有韵味，是真美女。

父母太娇惯的孩子，可能会向两个极端发展，或者慢慢成了温室花朵，胆儿小；或者因为从小任性无人约束，长大了更不知道什么叫害怕，勇闯天下。小魏是后者。

小魏十八岁高中毕业，没考上大学。在家闲了半年多，天天看着家属院里老头老太太们打拳晒太阳，一副怡然自得过日子的闲劲儿，气就不打一处来。她开始嫌弃这个生她养她、如诗如画的江南小镇了。

不是不知道什么叫害怕嘛，父母一个没看住，小魏买了张火车票就奔了北京。

先投奔中学时追求过她的一个男生。男孩考到北京上大学，一个陌生环境，本来自己正晕得找不着北，猛不丁儿梦中情人驾到，好像一夜之间成了大人，肩上沉沉的全是责任。男孩先到女生宿舍给小魏找床铺凑合了几天，后来编了各种理由向家人要钱，在学校附近为小魏租了间民房。

小魏明白，自己对这男生没感觉，但是一来正值情欲萌动的年纪，二来感激之情总是有的，索性就让男生一起来小屋，同吃同住。男孩乐开了花，小魏也觉得心头的歉疚，顿时烟消云散。

男孩上课的时候，小魏就四处逛，领略北京之大。慢慢地，各种因缘，小魏在北京有了三两个朋友。又随这两三人认识了更多人，和他们一起参加名目繁多的饭局，深夜了，还在夜店里舞到浑身热血沸腾。

美女总是处处受欢迎，加上小魏性格洒脱，能玩，天生说话得体，很快，很多男人看小魏的目光都热辣起来。

一个下雪的清晨，小魏在床上腾地坐起，身边正在酣睡的男孩子吓了一跳。小魏神经质地冲着天花板说，我要离开你了。

不顾男孩满脸淌泪哀求，小魏只带了两件从家乡来时带的衣服，搬到一个比自己年长十岁的男人家。男人是个画家，和小魏在夜店相识，小魏喜欢他身上怎么洗也洗不净的油彩气息。

小魏跟着画家，和北京的年轻艺术家们一起玩，天天听他们海阔天空地骂骂咧咧，喝大酒，醉了就一大帮人和衣睡去,甭管在哪儿。小魏觉得这样的日子挺好。可是没多久，画家突然把破破脏脏的衣服都扔了，买了两身西服，天天忙着参加各种体面的活动——社会上不知道为什么，突然流行起油画收藏了，画家一头扎进了钱眼儿里。

画家阔了起来，小魏却越来越郁闷，一个无比闷热的夏日清晨，小魏跟画家说，我走了，没想到你也是个大俗套，你现在身上全是香水味。

不知不觉中，小魏三十多了。她现在和一个外国男孩在一起。男孩在北京留学，很穷，比小魏还穷。小魏开始到处求职，到公司当秘书、到画廊帮人组织活动。好在小魏这些年喜好交游，社会关系众多，大家都愿帮她忙。小魏工作得很出色，薪水不断涨。

朋友们跟小魏开玩笑，好歹一大美女，追你的男人那么多，何必养个小穷鬼。小魏说，穷不是问题，我要真诚，要快乐，不要大俗套。小魏说，小男孩在她面前，简直就是透明的。

莫莫

有天莫莫跟他妈说：老张，你能干点正经事儿么？别整天忙那些没用的，咱把腾讯买了。老张丈二和尚摸不着头脑，问为什么。莫莫说：我换个 QQ 号打游戏。

这件事上有好多信息，比如莫莫和他妈的关系很现代，可以直呼老张。比如莫莫是个富二代，家里不缺钱，腾讯这么大的盘子都敢想着买。还有，莫莫对商业啊社会啊什么的没兴趣，只喜欢宅在家里打游戏。

没暴露的信息是莫莫的年龄。假如莫莫七八岁，这故事可当笑话听，可他不小了，来年整整三十。所以，莫莫明白他在说什么，虽然说得也并非百分百认真，但也绝非随口玩笑。

见过不少富二代，莫莫是当中一个异数。有的富二代喜欢早早掺和家族企业，二十出头就蹙眉世故，老成持重，金正恩那样的。也有的富二代只知消费，名车靓女不离左右，找找女演员闹点绯闻算客气的，甚至撞车打人让父母跑派出所检讨痛哭的。还有的富二代虽然个性内敛到像扶不起的阿斗，偏偏爱上个古董收藏什么的，亿万家产不够花……莫莫和他们都不一样。

莫莫极少让妈妈操心，天天家呆着，除了打游戏就读书，再不就是跟狗玩。莫莫养了一条雪白雪白的萨摩耶，狗通人性，明白莫莫对它不错，有时闯了祸，莫莫劈头盖脸一顿揍，不改一脸友好之色。

钱财一事，当妈的更放心了。莫莫不上班，不挣钱，但是妈妈疼儿子，不时给他。可莫莫极少出门，出门也有家里的司机送，连车资都不需，所以基本没花钱的时候。除了偶尔买个电脑，买两张游戏卡，还有偶尔的小零食儿，剩下的钱全存起来。有时妈妈想换口味，拉他出去吃，莫莫问："吃什么？"妈说个高大上的涮羊肉馆名字，莫莫说："不去！"

妈问为什么，莫莫说："太贵，楼下新疆小馆吃碗拉条子，要俩羊肉串，不也是羊肉嘛。"

至于美女，莫莫当然也爱。不过，在最高等艺术院校上的学，学的还就是表演，全中国最美的女演员，半数以上是他师姐。同班那些小女孩，只是时间问题，迟早也是。所以莫莫早把女演员看透透，没兴趣。在校四年，同学之间男男女女交叉换位，如同过家家做游戏，莫莫闷头单身。

后来有一年，莫莫去云南玩，晚上在酒店茶馆喝茶，泡茶的小美女是个少数民族，天然、质朴、真率，莫莫当即被迷住，一年没停往云南跑。一年后小美女辞了工作，来了莫莫家。俩人一处四五年，从没红过脸。帅哥靓女，人见人夸，莫莫听烦了，说你们能不这么肤浅嘛，悠悠万世，两颗真心相遇才重要。小美女听了这话，一旁羞红脸。莫莫一把搂过她：妞儿，咱回家，不跟这些俗人说这些没用的，咱回去打游戏。

莫莫管好多事都叫"没用的"，经商啊、社交啊、名牌啊、跑车啊……莫莫打心眼儿里视这些如粪土，莫莫不喜欢这些物质层面的玩意儿。而游戏，在他看来，如梦，如缥缈神奇的另一个世界，他在那里遨游，可以逃避已经渗透到现实世界每一个角落的物质气息，这让他在必须存在于此的这方天地，寻找到一个稍微神清气爽的小角落。

不止是游戏，不是说还读书么？莫莫读道家的书，不仅读，还实修，参考古今各位大德的实修体会，用不多的出门机会结识名师，讨得方法，回家苦练。和莫莫在一起聊天，不时会看他突然眼神有点僵直，不必奇怪，那是他又在用功修行“致虚极，守静笃，万物并作，吾以观复”呢。

许是最近莫莫的修行遇了拐点，在妈妈的劝说下，居然同意走出家门，一走还就不近，要和妈一起去美国度假。到使馆签证，帅哥签证官拿着他的材料看，纳闷地问：您是学表演艺术的？莫莫不卑不亢答：是。又问：那怎么当上公司董事长了？还这么年轻？莫莫继续如实答：您不妨看一眼我和公司总经理的关系就知道了，她是我妈，她想让我学习经商，家族公司，你懂的。帅哥心知肚明地笑了，“啪——”签证章就盖了。

姚大姐

那天闲，懒洋洋坐那儿泡茶，突然想到姚大姐。念头来得太突然，像半空毫无来由彩虹惊现，有点奇，就随它散漫飘逸。

姚大姐是上海一家老牌文学杂志的名编。九十年代初文学尚热，杂志社和出版社的编辑绕世界出差组稿。编辑部的管理方式一般是分片包干式，张三管东北、李四管西南之类。北京作家云集，至少得有一人专门盯。姚大姐分管北京片儿，所以常来。

我与姚大姐同行，在一家出版社做编辑。很多文学编辑自己也写作，比如我们编辑部的张水舟，小说写得很好，姚大姐对他很看重，编发了不少他的作品，每次来京，会找水舟聚聚。

那时的编辑部，常见一景是集体聊天。办公室大多狭小，十二三平米的屋子，四五张办公桌。平时各自闷头读稿，一有外人，尽管是冲某一个人来的，既然坐下聊上，别人也很难再静心工作，索性聊成一片。就这样，一来二去，我与姚大姐也熟了，我编了新书会寄赠她，她也定期给我寄杂志。来往之间，还会顺便写封信。还记得她的信都写在稿纸上，极少涂改，字体娟秀而倔，像她为人，爱干净，灵秀，随和中又有一些笃定的坚持。

和姚大姐这样的交往，有点像那句老话，君子之交淡如水，来往不勤，但相互关注。这样大概过了五六年，我进入人生最忙碌的阶段，给姚大姐的书越寄越少，我每个月收到的杂志堆中，也见不到姚大姐的杂志了。

姚大姐也是个作家，写散文，原来常在报刊上看到，都精心读。渐渐也见不到了。有一天想到这一点，暗自揣测，可能和我一样，杂务缠身，没闲心写了吧。

光阴似箭，又一两年过去，有天我们出版社开选题会，张水舟报上一本《白话贤愚因缘经》，译者竟是姚大姐。我恍然大悟，姚大姐可能成了佛弟子，开始修行了，怪不得联系少了，也不写文章了。这本《贤愚因缘经》像一个证据，一下子被我窥破似的。

这一幕至今，眨眼又十多年了，世界起了很多变化，我自己也成了佛弟子，之间全无姚大姐任何消息。今天突然想到她，不禁有点好奇，便到网上搜索她的踪迹，想知道她这些年可好。

信息很少，且大多是久远年代的事，近十年的消息只一个内容，说她已退休，出了本新书，散文集，《手托一只空碗》。这样的书名，显然与佛教关系密切。零星的荐书信息上，提到作者时称她为姚育明居士。散文、佛教，姚大姐将此二者融合在一起了，一个随顺自如的姚大姐宛在眼前。

年轻时不太理解原本密切来往的亲朋好友怎么就会突然消失、断了消息，总觉得其中必有什么不可告人的隐情。现在渐渐明白，人的一生，种种缘分看似神秘，其实再平常不过，一切自然而然地发生。四五十岁才摸索到人生正道的大有人在。所谓突然消失，其实不过是发现脚下正走着的路，虽然现成方便，轻车熟路，但会越走越窄；而另一条康庄大

道已被发现，当然要去开拓进取了。走新路，自然就有新旅伴，自然冷落了旧同行。

当初窥知姚大姐走上修习之道，还纳闷过为什么放着好端端的杂志不做，选择了这条道路。后来亲友中也有一位开始修习，我与他热烈讨论：太早了吧？你我不过三十来岁，不如老点儿再说？我陪你一起勇攀高峰？那位亲友当时感慨道：我的感觉正好相反，不是太早了，而是太晚了。时至今日我也想说，不是太早了，而是太晚了。

这样静谧的午后，因为一个突然蹦出的念头，已经从姚大姐这个人，岔到人生早晚这样大而无当的问题，该收场了。

老张

老张今年六十多岁，已退休，以诗人名头行世，不时会有十来行的小诗在报端发表，写得直白，常含小哲理。不光写诗还评诗，发表在《文艺报》这样的专业媒体，文风老派，有板有眼又有股气势，很像领导部门下发的盖棺定论。

老张退休之前也写诗，但写得少，因为本职工作繁忙。那时候他在一家文学出版社做编辑，三五年时间，编辑出版了二百多人的诗集。这年头诗集显然不好卖，老张不该那么忙，但他爱诗又爱出版，没有条件创造条件也要上。真应了那句话：这世上怕就怕“认真”二字，渐渐地，老张摸索出一条路。

文艺界很多领导喜欢舞文弄墨。年轻点的公务繁忙，年纪大的，长篇大论写不动，如此一来，都爱写诗。老张就编这些人的诗集。领导嘛，出版社归人家管着呢，市场再不好面子也要给足，于是一本接一本，一套接一套，老张徜徉其间，偷着乐。

老张做编辑前，是出版社的财务科长，来出版社前也一直做财务工作，几十年的老财务。那时候出版社员工中午都在食堂吃饭，东一桌西一桌，天南海北神聊。老张不爱和财务科的下属坐一桌，倒喜欢找编辑，老张觉得和他们更有共同语言，老张经常提醒那些编辑，他大学读的可是中文系。

年轻时喜欢文艺，读中文系写小诗。工作了做会计，穷其三十多年努力，做到财务科长。临退休了变成诗歌编辑。退休了又重回喜欢文艺，写小诗——这是老张的一生。这一运行的轨迹，也是很多老张同龄人的人生缩影，身不由己，既荒诞又真实。

对这样的人生，老张的态度很矛盾。一边经常跟人讲，自己诗意地生活着，很快乐；另一边呢，老张表达快乐时，经常不知不觉中就用了自嘲的方式，字里行间有个时时闪现的“怨”字。

两种心态下，老张会提笔。心里有怨时老张要写诗，这不用说了；心里高兴时老张也要写诗，常在酒后，或者心里有什么喜乐，尽管都是转瞬即逝的一点点可怜的乐，老张会立即捕捉这样的瞬间。然而怨是一天天、一分分、一秒秒积攒下来，一层摞一层，几十年的积累，密实顽固，根扎得很深，所以那点喜乐，经常刚冒了个小气泡，去费力捕捉时已经晚了，如云烟消逝。但是老张不甘心，硬去捉，结果诗写出来，明眼人还是一眼看出其中的怨。

后来老张可能也慢慢自省到这一点，有一天又和我聊起他“诗意的生活”，虽然仍不自觉地强调一番自己的快乐，但说完沉默片刻，又突然追了一句：算是痛并快乐着吧。

我当时无语。其实很想对他说，在痛与快乐之间颠沛流离，正是“人生即苦”。别太看重什么诗意不诗意了，都是垃圾赶紧扔了吧。但我没有说出口，因为突然想到就在前不久，老张说坐公车时一个姑娘给他让座，很生气，因为他不觉得自己是个需要被让座的老大爷。老张说，当场就想写首诗送给姑娘，题目就叫：姑娘，请别为我让座。

老张还年轻。

老倪

正值下班时间，一路暴堵，大大小小的车如蚁爬行。

老倪开着车，老哥们儿老林坐在一旁，俩人要去参加个饭局。他们从小一起玩，四十大几了，依旧三天两头碰面，所以彼此也没什么可聊的，各自瞧着夕阳灰灰地照在车窗上，以及窗外蚂蚁一样的车和人，发呆。老倪突然说：真是人生苦短啊。

老林听了不奇怪，老倪是个虔诚的佛教徒。老林猜他可能又想到人生即苦、梦幻泡影之类。可是老林错了，老倪接着说：真该多驾车到野外玩啊，咱们去敦煌吧，或者塔克拉玛干？哪怕就五台山呢，撒了欢儿地开，一直向西。

老倪特别爱开车，去的地方越远越好。在北京开车，在老倪看来就像下楼倒趟垃圾，根本不配叫开车。五环路兜一圈下来才多远？不够热身的呢。朋友们一起出去玩，别人叽叽喳喳凑时间，好订同一航班，老倪往往会在一旁兴奋地插一句：干脆开车去吧！大家对他的爱好都早有了解，置若罔闻，继续叽叽喳喳。老倪也习惯了大家的置若罔闻，只当没说。

别以为老倪整天游手好闲，光惦记着出去玩，他其实忙得很。

老倪是个商人，香港商人，近年常驻北京。在瑞士、广州、香港等地有自己的工厂，做一些纸产品。基本以月为单位，老倪会在几地穿梭巡视一遍。他还是香港一个基金会的负责人，这基金会募集善款，帮助偏远的寺庙修缮，接济穷苦百姓，建希望小学。光这一件事，老倪每年捐助上百万不说，操的心更是如同海水不可斗量，脑子里随时都要绷着这根弦。

老倪还是个好丈夫，好爸爸。太太是个性情中人，热衷考察各地房地产，热衷购物，这么一说您就明白了吧，那得花多少时间陪着逛啊，还得忍受多少心疼啊。女儿在海外上学，老倪怕女儿跨洋飞行太累，让她待着别动，自己一年两三趟飞过去找她玩。这么说吧，他们一家三口团聚时，情景很像两个公主带着个老管家。

一班常来常往的朋友中，老倪年纪略长两岁，加上他一向忠厚实在、勤恳能干，所以大家有什么难事都找老倪。老倪从没说过不。渐渐地，老倪的家成了外地来京朋友们的宿舍。对他们而言，哪个酒店也比不上老倪家，老倪买菜做饭，开车带他们到处玩，甚至帮他们买好最新出版的碟片，供大家晚上回来消磨时间。

忙成这样，搁别人早烦死了，恨不得早早退隐山林，天天大觉睡足，醒了就听鸟叫看花开。老倪没这感觉，他觉得自己精力还足着呢，不停地做事才是最好的人生。老倪受不了一天无事，万一碰上约会被晃点、日程安排空闲这类情况，老倪掘地三尺，也要想出事来把这空档填满，比如趁着没事跑一趟，把车险先交了。其实离规定交款日期还半年多呢。

回过头来说那天，“人生苦短”的感慨发完，老倪突然发现道路前方有个路牌，标志这是三环路上的京沈高速出口。老倪突然蹦出个念头，他对老林说：咱们去沈阳吧！

那天晚上老倪没去那个饭局，夜里十一点多，在沈阳一家小面馆里满脸堆笑地跟老林赔不是，因为老林一直埋怨，沈阳有什么好嘛，为什么要来沈阳！再说，既然来了，多待两天也行啊，可是睡一觉就必须回北京，因为第二天中午，老倪在北京还有一场重要谈判。

老林絮絮叨叨埋怨了很多话，老倪照单全收，他自己只有一句话，倒是说了很多遍：我就是想开开车嘛。

卫老

卫老大名叫李卫。卫老并不老，属虎，今年三十啷当岁。他的朋友们也都差不多这个年纪，可是遗老遗少的习气挺足，互相之间一概以“老”互称，张三叫三老，李四叫四老，叫叫就惯了，原名反而难叫出口了。

有一天卫老和众老之一逛街，看到一块商铺的招牌，名人所书，落款“李一氓”。卫老挠挠头说，这名字安我头上合适了，姓李的一个流氓。

卫老敢以流氓自称，因为他读古书读惯了，古汉语中流氓一词训作“无业游民”之意，和今意不尽相同。不过这只是我的猜测，卫老当时怎么想的，不知道。

但是卫老确实没职业，赋闲在家。还是单身。

这么说也不准确，在家不假，赋闲却未必。每回见卫老，他也满脸疲倦，问他在忙啥，大部分时间说不太清，偶尔清楚一次，也只两个字，读书。读什么书？怎么读得那么累？还是不清楚。好在朋友之间，各人对各人本来也不想太了解，也就不多问什么，疑惑在心里，日子还照平常过。

前不久家里来亲戚住不下，我投奔卫老处借宿。几天住下来，觉得卫老的一天确实绷得挺紧，并没有多少空闲。多亏卫老善于掌握节奏，才使生活安排得有条不紊。

比如早上，从起床到盥洗室，就是一个漫长而又复杂的过程。

八点之前，当然浑然不知世界为何物。八九点了，大梦初醒，太阳照到脚脖根儿，卫老翻个身儿看看太阳，又翻回去接着做美梦。十点，太阳已将屁股两半照得泾渭分明，卫老扭脸看看白生生的屁股，又看看室外灿烂的日头，还好还好，并不太毒啊，毕竟快入秋了。然后也便释然，接着打呼噜。十一点过了，双眼被阳光挠开，卫老不耐烦地从脑袋底下扯过枕头蒙住头。十二点半，再度睁开早已不愿再闭的双眼,发现整个屋里已经没有阳光和阴暗之间的那条分界线。卫老揉揉双目，想想昨天、今天以及未来，慢悠悠地扯过裤子。

白天卫老在家读书,不出门。读的书杂,文史哲类居多,还有《足球报》、《兵器知识》等，很多是英文原著。卫老英文好，上过名牌大学英文系，还在美国生活过几年。

卫老不爱白天出门，更不爱夜晚出门。我说的是迈出家门。朋友们的约会不管定在多晚，卫老总是暮色苍茫便离家，因为他特别喜欢一种情境：暮色苍茫时分，走出闹哄哄的老式居民楼，汇入车水马龙的下班人流，穿过一群卖羊肉串的小摊儿，钻入地铁站。等他在地下斜穿整个都市，再度返回地面，夜幕已经笼罩一切。每当这时卫老就笑了。

偌大的城市里，上千万人天天在外奔波，上班、下班、吃饭、娱乐，有时我在街上走，仿佛能听到很多套生物钟在这个城市半空嘀嗒作响。卫老也是按照适合自己的一套生物钟在生活，不算很特别，但也算不上大众化。

老冯

老冯是个煤老板，五十多岁，不像平常人心目中的煤老板那么土，当然也半点不洋。大手大脸，皮肤粗糙黧黑，戴眼镜。常常穿个夹克衫，敞着怀，里边是毛背心，再里边是白衬衫，领口算干净，挺像个北方县城的公务员。

老冯真做过公务员，官还做到不小，副县级，主抓反贪工作。那时的老冯年轻力壮，做事雷厉风行，上下一片赞扬，有威信。年年得奖状，家里开始还挂，后来太多了，叠好了塞抽屉里。

老冯脑神经有一点小问题，两只眼皮儿耷拉着，平时审讯贪污犯时，坐在审讯桌后稳稳的，一个小动作没有。不知情的犯人以为主审睡着了可以开小差，眼珠叽里咕噜转，动小心眼儿怎么逃避关键问题。这时老冯猛拍桌子喝道：别瞎琢磨了，赶紧交代！北方大汉的吼声，贪污犯听了不啻一声炸雷。

后来全社会改革的步伐加大，各地都在搞活经济，老冯那个县有煤，但国营煤矿个个经营得工资都发不出。县委县政府天天劝大院里的能人，让他们要有责任心，勇于挑重担，承包煤矿。别人听了往后缩，老冯向来被人当成大能人嘛，他自己也不客气，觉得一把子力气正要奉献呢，于是成了煤老板。

机遇这种事，从来没后悔药吃。没几年，当年那些县府大院里往后缩的人，背地里三五成群议论老冯：可让人家抄上啦，富得流油啊，当初咱咋就没这远见呢。

老冯租了城郊上百亩荒地，盖了三层大别墅，空地不浪费，跑北京重金聘请专家研究土壤习性，种了十几种药材。好几辆豪车并排停院里。别墅门口是个人造大景观，专从南方运来的太湖石近百米长，中间藏着喷泉。

可是老冯的生活没太多变化。那么大别墅，老冯只去过卧室和厨房。衣柜里，媳妇见天儿飞北京给他买的名牌衣服好几排，他当天试试，哄媳妇高兴，过后干挂着，还穿原来的夹克衫。一排车，每辆坐上去都有股羊肉味儿，外加酒味儿——这是老冯最喜欢的两样东西。几乎每天夜里，老冯开着车，呼朋唤侣打麻将，这是他更喜欢的事。以前当官不好意思打到太晚，现在没人管了。

老冯好喝酒，顿顿喝到高兴就开唱，嗓子特别好，唱得又用心，很动情，所以很迷人。在座要有姑娘，全能听迷了，一时间忘了老冯都五十多了。老冯看了姑娘们的眼神会心笑，挑其中漂亮的，一首首献歌，唱得更迷人。不过老冯献殷勤是有底线的，酒桌上咋抒情都成，一下桌绝对守规矩，老婆以外的女人，手都不碰一下。

喝多的老冯，还喜欢讲年轻时的知青经历，讲如何一顿饭吃八个馒头十个包子，讲如何为了让战友们睡个好觉，独自一人三个小时内装卸几大卡车的物资。那些故事重复率太高，周围人经常听他起个头，就各自聊别的去了。老冯不管，回回从头讲到底。喝醉了嘛，眼皮儿耷拉得更厉害了，别人啥反应不重要。

我也听他讲过几回同样的事，我注意到的是，每次讲的都完全一样，细节都丝毫不差，这说明，老冯是个实诚人。以我经验，爱吹牛皮人的故事，每次讲下来，细节上都会有极细微的差异。

最近一次见到老冯，他说要戒麻将了。他说现在这么阔，一天啥活儿不干也三顿好酒，不能这么下去，得好好干活儿回报社会，至少对得起这三顿好酒。对此我选择相信，因为我知道老冯戒烟的故事——有天上网看新闻，他点了支烟，抽两口架在烟灰缸上。隔了一小会儿忘了，又点一根，再要往烟灰缸上架的时候，突然发现前头一根还剩大半缕，一柱青烟袅袅上升，像在嘲弄自己。老冯看着两支烟对自己说：我这不跟傻子似的嘛，做过的事都记不住，荒唐嘛。从那以后老冯再没抽过一根烟。

老唐

老唐八十年代初上大学，学的工艺美术。老唐家不只是书香门第，还是金石世家，书法篆刻传了几代人，都很了得。这么老派的家庭出来，老唐没去学国画，而是选择了现代工业设计，每天画很流线的草图。

也难怪，八十年代初，那是个多么“流线”、多么叛逆的年代啊，老唐一头扎进西方文化大潮，热衷外国哲学，钟情西洋美术，眼里闪烁着激进之光，留了叔叔阿姨头，一条脏牛仔裤一年到头不带换的，上边缀满油漆、颜料，大茶缸子一端就开侃，满嘴夫尔斯基的洋名字，可现代了。

不过基因就是基因，骨子里的事，不留神处常常会露马脚。

老唐在学校最尊重的老师，是个瓷器专家。尊重并非针对老先生瓷器方面的造诣，而是老先生的书法。老人是曾经名震八方大书家大画家的关门弟子，书画本是童子功，不料后来搞了瓷器，书法成了业余爱好。这么一来反而别具一格，没有半点烟火气。老唐利用任职学生会的特权，纠集了一群爱好者，说动老先生晚间开课，传授书法理论，以及实操技艺。

大三的时候，老唐搬出学生宿舍，在最老北京的胡同里找了间平房，继续画那些流线。寒冬腊月，老唐像邻居们一样生火取暖。和邻居们不一样的是，他不仅用炉子取暖，还用它烧上了淘印。没人教过，但是不得不说基因遗传力量强大，总之烧着烧着就“芝麻开花节节高”了。

书法课也好，烧淘印也罢，那时的老唐心里将这些老古董定位为小情趣、小爱好，真正致力的主业，还是新潮美术，这是老唐的主心骨。

大学毕业，老唐仗着文字功底好，被国家级美术杂志挑去做编辑。是金子在哪里都发光，没几年，老唐伙同社会各阶层新潮美术家们，在中国大地掀起一场轰轰烈烈的新潮美术运动，影响余威一直延宕至今。

正当老唐要大展宏图之际，社会形势突变，老唐怀揣一摞未竟梦想，远涉重洋，到地球那半边讨生活，从我们视野中消失。

斗转星移，老唐当年参与的那场轰轰烈烈的运动，倏忽就到了二十年纪念日。当年那些伙伴，赶上这两年市场情况好，都靠卖画发了财，组织了隆重的庆典。老唐作为骨干成员，当然亦在力邀名单之中。

再见老唐，胡子已花白，眼里不再有激进之光，尽露和蔼之色。和旧友们把酒寒暄，老唐反应总是慢半拍。虽然岁月不饶人，老唐已过天命之年，但这慢下来的半拍中，隐含的并非年龄因素，而是多年来生活环境之迥异，带来的人心变化。那些伙伴始终在市场里奋力拼杀，时至今日人人变得贼尖溜滑；而老唐，宛若鳄鱼邓迪突然迈入灯红酒绿、汽车喇叭声充耳不绝的现代城市，一时失语。

稠密的聚会渐渐稀疏，老唐也逐渐适应过来。在亲戚家借住的老唐，开始每日独自喝酒。喝至酣处，端出不知何时从琉璃厂采购的笔墨纸砚、治印石料，笔走龙蛇，霎时间若干书法条幅或者几方珍贵的篆刻一挥而就，练达、干净，不见半点烟火气，但又精气神十足。我们几个围观的亲友见此情景，禁不住暴夸一气，老唐眼里刚冒出的一丝精光又疾速消退，咧着嘴憨笑道，还是这些老东西亲切。

老狼

对，唱歌的那个老狼。

和老狼相处二十年以上的朋友说起他，有个共同印象，好像从未听过他抱怨什么。老狼有张专辑叫“晴朗”，俩字儿亮堂堂的，听着就舒坦，安他头上贴切。也正因此老狼人缘儿特别好,要敞开大门交朋友得累残。好在他以低调著称，不滥交，所以在光鲜的演艺圈那么久，常来常往的朋友还是老几位。

和朋友们在一起的老狼，是最随和的一个人，也是最会照顾人的一个人。一群熟人吃饭，偶尔有生人入伙，别人无暇他顾，总是他不时关心地跟人家碰杯酒、聊两句。去年春节大假，他们夫妇和几个朋友去尼泊尔旅行，队伍中有对夫妇带着六岁的儿子，一路下来，小男孩要求“嫁”给老狼。问为什么，小男孩说，老狼叔叔最疼我。小男孩的妈乍听有点不服，回想片刻一拍脑门，还真是，这一路好像儿子老在老狼肩上扛着。

早上老狼睡到自然醒，下午或排练，或四处逛逛，夜幕一降，他一天的黄金时段拉开了序幕。

夜里老狼常去朋友的酒局。老狼酒量不大，更不馋酒，但是朋友们甭管谁组局，都盼他来。原因简单，既是酒局，固然喜欢酒量大的，但更喜欢酒品实诚的。老狼喝酒从不偷奸耍滑，酒品好。

更多的夜里，老狼会出现在台球厅。他媳妇找不着他的时候，会把电话直接打到台球厅，十有八九老狼正热火朝天地和朋友们切磋球技。“切磋球技”是个文雅说法，其实是切磋人民币。全是熟透了的朋友，小赌怡情。输赢很小，不是目的，只为互相挤对看对方起急好玩。对于一个不爱去夜店，更烦卡拉 OK 的人，在北京城之夜，能迷上台球这一口儿是个不赖的爱好。

还有足球，也是他夜生活的重要组成部分。欧洲杯、世界杯期间，现场直播多在夜里，那段时间老狼推掉一切工作和聚会，专心致志在家看球。碰上实在推不掉的事，也约到有电视的酒吧。

不过上述这些，都是老狼随和的一面，随和的外表下，老狼骨子里觉得这种生活有点无可奈何。生活在北京这样的城市，还能怎么着？找乐儿呗。老狼真正最喜欢的，是外出旅行。在他看来，旅行多少有点革命的意味在里头，能反反日常生活的固定、机械的模式，让人有种不安定感，让人敏感，促人思考，能别具只眼看待生活。

听他聊过在尼泊尔，夜里独自在一座古城瞎转悠，看着昏黄灯光下的古城，仿佛时光倒流，回到百年之前。那种时空变幻之感让他新奇，让他浮想联翩。在撒哈拉一望无际的大沙漠，他坐在沙堆上数星星，那种静谧、空旷之感，让他至今犹为向往。在藏区，有一次他独自爬山登顶，夜里在山顶宿营，感觉人随时都有可能与整个山体彻底融汇。在马里，他所跟随的车队赶夜路，一会儿戈壁，一会儿丛林，一会儿过河，四野一片漆黑，只能靠车轮胎传导到身体的感觉，感知地形状况，半星亮光都不见，也没有任何参照物，人会完全失去方向。

说起这些的老狼，才是最骨子里的老狼，随时神往能够回归野外生存的状态，希望自己能像动物一样机警、敏锐、强健，他觉得那样的生活更真实，更有意思。而眼下正在经历的城市生活，不过是在一些虚幻的假象里苦中作乐。

小强

有好多著名的小强，周星驰的小强、蟑螂小强、小强填字……小强是家喻户晓的明星。

一班朋友日常的言谈话语中，小强的出现频率极高，不过我们说的小强，专指张小强。

张小强也是不折不扣的明星，就是走在街上经常被小姑娘认出来，在背后指指戳戳那种的。张小强前两年主演了一部影视作品，也是他人生四十多年唯一一次出镜，但他凭此一举挫败布拉德·皮特等众多大牌，登上了影帝宝座。那年冬天，一场盛大的颁奖礼在北京举行，小强接受了在场几百人的祝贺，一直豁着嘴，因为实在乐得合不拢。

这部影视作品叫《小强历险记》，著名博客“按摩乳”自编自导自销，在当年名声远播。

小强这么大名声，平日与朋友相处，却是极尽谦恭柔顺温文尔雅之能事。任何聚会，小强提前半小时到场，先把周边地形以及各种环境侦察清楚。有人不认路找不着地方，直接问小强。停车场在哪里，直接问小强。小强发现不净的碗筷，先找服务员换掉。哪个座位正在空调风口下，小强让怕冷的女士别坐。

聚会中间，小强不显山不露水，永远不抢话头，永远笑眯眯坐着，专心倾听每个人东拉西扯，有时甚至让人忽视了他的存在。听得非常专心，专心到吃口菜扒口饭都不得空似的，经常一席饭下来，小强面前的碗碟都还锃亮无污。

散场时，小强打出提前量，跑到门口候着，督促微醺者带全随身物品，然后和每个同伴亲切道别。逢上女士，小强还会行吻手礼。绝非想占姑娘便宜，因为他那一吻都是象征性的，嘴唇离手一尺远呢。

小强的本职工作，是中国最高学术研究机构中国社会科学院外文所的研究员，也是个翻译家。他翻译的索尔仁尼琴那本《牛犊顶橡树》，一度是我最喜欢的书。不过小强和那些天天坐冷板凳的研究员不一样，小强有一颗永远年轻的心，随时活跃在改革大潮前沿。

小强除了俄罗斯文学以外，在多个领域奔突拼杀，成果卓著。最突出的还是杂志出版业。突出到什么程度呢？这么说吧，如果你要办本杂志，请小强看看，如果小强说不成，就别办了，强努着办了结局只能有一个：赔一底儿掉。

小强对杂志的一往情深，是专业化的一往情深。比如明明朋友当中有很多杂志社的主编、编辑，但小强从来不麻烦人寄赠杂志，都是自己花钱买。他说了，要以实际行动支持杂志出版业。另一个原因也是怕“拿人家的手短”，评判起来会失之公允。

小强每个月用于购买杂志的费用不是个小数，他们小区门口的报刊亭，很多杂志只进一本，是专给小强留的。万一小强出差，报刊亭的很多杂志就会滞销，不过不要紧，过些天小强回来，库存又成了零。

小强曾被我们推选为最佳饭友、酒友、文友，他的先进事迹，用陈水扁的话来讲，真是罄竹难书。因此我们每天都会惦念起小强，八竿子打不着的时候，无来由地就能想到他。拿我来说吧，今天早起穿袜子，看到袜子上仿佛国际象棋棋盘的黑白相间的小方格图案，直想大喝一声：张小强，来填字!

小龙

小龙被公认为才女。早在八十年代，小龙还是中学生，公开发表了一篇早恋题材的短篇小说。当时社会闭塞，五十多岁的老作家碰碰都遭口诛笔伐的题材，居然一个十几岁的姑娘下了手。又因“我手写我口，我手写我心”，写的是自己同龄人，可想而知立即轰动全中国，如我一样与她同龄的中学生抢着看，争相羡慕。

正因有小龙这样早慧的才女垫底，二十年后我做文学出版工作，再看鼓噪一时的所谓少年作家，所谓八零后才子靓女，镇定自若，毫不见怪，心想他们不过是小龙的后辈。

小龙生在上海，在北京读的大学。有种说法是，南方生北方长的人容易有出息，小龙符合这一条，确实有出息，在学校门门功课优秀，老师都喜欢。同学中，男生当然也喜欢，眉清目秀，英气频闪，情商又高，处处得体，没道理不喜欢。女生们心思细，要分两队，一队是喜欢，另一队是嫉妒。可小龙诚恳待人，嫉妒者也挑不出半点理儿。

我和小龙同届不同校，两个学校近在咫尺。大三那年，小龙突然频繁来访，和我长聊犹太人问题。当时以为我那段疯读马拉默德、辛格等人小说，小龙可能也对这些感兴趣。几年过后，小龙和大家告别，要和美籍犹太人男友成婚，到美国定居，我这才反应过来，那会儿她爱上了同校留学的一个犹太小伙子。

小龙刚去美国那两年，偶尔能收到她的贺年卡。有张卡片上，她站在纽约街头，傲世独立的样子，卡片上的语句，也大致是众人皆醉我独醒的意思。如此不入乡随俗的姿态，按说应该惹家乡人操心才是，可是小龙的朋友们毫无忧色。那么有才的姑娘，怎么做自有她的道理，是疾是徐，各有各好，她明白的。

再后来贺年卡消失了，小龙音讯杳无。最后的消息是，那位犹太小伙在好莱坞从写剧本开始打拼，非常艰难。小龙作为一个上海人，擅过日子的品质得到大施展，生活俭朴，但有条不紊，情趣盎然，夫妻恩爱。

又过了很多年，北京这边兴起看美剧，偶尔会在一些二流美剧的片头片尾，看到小龙丈夫的大名，不禁暗自为小龙高兴，想来打拼有所成果。

去年初秋一天，正在家摆弄新收到的茶，突然接到小龙电话，说人在北京。呼朋唤友，半个小时之后，小龙当年几个好友齐刷刷坐在一家餐厅。久别重逢，一时话都不知从何说起，人人脸上的思念之情却又写得满满。酒过三巡菜过五味，话茬儿才陆续接上头，她去国这些年的轨迹也渐渐被描述清晰：牺牲了自己的才华，专职辅佐犹太小伙奋斗，功夫不负有心人，终有成果，二十年后的今天，丈夫已是好莱坞一线制作人，小龙也终于有时间有财力做些自己喜欢的事。小龙现在有了三个孩子，一个赛一个聪明，小龙随身携带的一张照片上，三个孩子你拉我弹，正在演奏一段小提琴奏鸣曲。照顾好孩子们的同时，小龙积极投身各种公益事业，做得热火朝天。

那天饭后小龙到我家小坐。落座前，小龙顺手将沙发上几个被我枕成一紧团的靠垫拿起来，拍拍松后又放回原处。动作非常小，但姿态极优美。这一不经意的小动作我看在眼里，心想，昔日的清纯才女，已经成了一个成熟魅力逼人的女人。

啰唆

“啰唆”是外号，而且仅限极小的圈子里叫叫。小圈子里的其他人，暂且算是啰唆的同事吧。

说暂且算是因为，并非常规意义上的同事。早些年啰唆和朋友合资办了一家印刷厂，管理得当，活儿做得精，很快声名鹊起，成了高端印制的代名词。厂里那些啰唆真正的同事管他叫“总”，他们不知道老总有个外号叫“啰唆”。

啰唆钟爱厂里印的一种定期出版的丛书，而丛书主编头几期印下来，就深为啰唆的专业、敬业打动，瞅准个机会，力劝啰唆做了这套丛书的“责任印制”。其实对啰唆而言，

这个名头可有可无，反正拿到厂里印的东西，无论活儿大活儿小，凡经他手签字生产的，无不从头盯到尾，操碎了心。有时甲方来印个图书封面，套好版，上机试，几趟下来，莅厂监印的美编都要大笔一挥签字付印了，啰唆抻出巴掌拦住说等会儿，这个黄还是有点多，来，再减一点点试试。

不过戴上丛书责任印制的帽子后，啰唆倒是和丛书编辑部的小伙子、小姑娘们打成一片。开始只是紧紧围绕这套丛书的业务交往，渐渐地，编辑部的年轻人都迷上了这位老大哥，人既实在又喜欢玩，还能玩到一处，于是打成一片，成了一个朋友小圈子。隔三岔五换了不同名义组饭局，大半夜去看电影首映场，周末偶尔唱唱歌，春秋两季天气好，瞅不冷子还组织到远郊踏个青、伤个秋。正是在这小圈子里，诞生了“啰唆”的外号。来由是，平时那么可爱的老大哥，一旦讨论起和印制有关的工作，封面啦，色彩啦，字体字号啦，就像突然上紧了一根什么发条，左叮咛右嘱咐，絮絮叨叨不厌其烦。每逢那时候，年轻人都想改叫他大叔，不，大妈。后来他们温良恭俭让了一下，取了折中方案叫他啰唆。

啰唆四十几了，一直没成家，也没怎么见他谈恋爱，以我观察他是没时间，顾不上，兴趣爱好太丰富、太广泛，独自玩得很嗨，找个姑娘还要从头培养起共同爱好，太费事儿。当然，如果哪天撞上志同道合的，不用太培养的，兴许一拍即合就闪婚亦未可知。

啰唆爱好摄影，我最早认识他，就是一帮好友同去云南玩，其中一位又带了他的朋友，就是啰唆。我们包了一辆中巴，在山岭间穿梭往返七八天。如今回想起来，啰唆给我留下的印象，就是固定的那几幅模样，胸前挂个大单反，手里攥个小莱卡，腰间别个随身用的镜头包。随时撅着、扒着、侧着、蹲着，甚至躺着，镜头指向一座山、一棵树、一片云、一群牛羊，甚至牧民家场院里晾着的一副鞋垫儿。

啰唆爱好打球，羽毛球，每周三四次，吆朋喝友一起去，实在没人响应就花钱找教练打，打得很专业，和教练互有胜负。打球时间没准儿，因为他的作息时间就没准，独身嘛，没羁绊，乘兴而往，兴尽而返，就图个自在。所以平时给他打电话，不时会碰到无人接听，不要紧，隔一会儿必打回来，气喘吁吁，那是他的中场休息时间。

啰唆还热衷收藏，传统字画为主，当代油画版画之类也有涉及。不是偶一为之，是收藏家级别的，几家大公司凡有新的拍卖图录，准会寄达啰唆手中。年年春秋两个拍卖季，啰唆场场拍卖会不落，而且事先研究，预展验证，临场竞价，无不认真到啰唆的程度，也因此，几乎回回都有斩获。

啰唆的收藏是有家庭传统的，他父亲本身就是大画家，收藏开始得也早，所以年头一长，父子藏品加在一起，蔚为大观。啰唆既然在做印刷厂，近水楼台，将家里的藏品分期分批印成专辑，与亲朋好友分享。

要照这么介绍啰唆的爱好，还有好几页纸要写，就此打住。当年读书，啰唆读的是电影编剧专业，可是毕业之后没有从事过这一行，不过我觉得，他每天辗转于这些爱好中，也有点编电影人才特有的一种优势——体味多种人生的况味。

说起电影，啰唆在生活中虽然一身扮多角，但有一个角色好像只扮演过一回：伴郎，正是当年在我的婚礼上。西装笔挺，金丝边儿眼镜，腰杆倍儿直。婚礼过后几日，不止一位姑娘找我打听，那是谁呀？那会儿“啰唆”的外号还没出现，可见那是很久很久前的事了。

英子

英子好像整天挂在 MSN 上，但多是忙碌或离开，真要和她说句话，半天没回音儿，因为忙到顾不上，或者就是有开不完的会。不过英子总会回的，只要回即热情洋溢。忙忙叨叨、热热闹闹聊两句，就又没影儿了。

英子是真忙，三十三岁正是做事的年纪，在单位是个中层干部，中流砥柱那种的，管着好几十号小弟小妹，平时和他们嘻嘻哈哈，但凡有人工作上有半点含糊，英子会训人，很严厉。训就训到根节儿上，被训的人不得不服。久而久之，英子在单位的威信如日中天，很多小弟小妹在心里都拿英子当榜样。

榜样来自英子工作的出色。追究这份出色，聪明、资深等等原因多种，最重要一条是热爱，发自内心的热爱。

英子热爱自己的工作，平日和朋友吃饭聊天，和其他人好不容易躲开工作就肆无忌惮地八卦不同，英子说不出三句话总会提到工作。每逢这种时候，朋友们会开玩笑地讽刺她工作狂，成功人士。英子听了这话，常常眉间猛然出现怨色，继而话锋一转：成功管什么用啊，越成功，越容易成为老姑娘。颇有悲凉之意。

英子至今尚未婚嫁，至少到目前为止，连个贴谱的恋爱对象都没有。说来也怪，要说英子，论模样虽非花容月貌，但是眉眼大方，一笑俩酒窝，特别喜兴的好媳妇样儿，两条长腿修长笔直，人见人夸；论性格，落落大方，尤其在恋爱一事上，经常主动出击，却又分寸把握得极好，绝不失一个姑娘家应有的娇羞；论事业，前边说了，也是蹭蹭地正上升，真不明白男人们都在瞎忙和什么，这么好的姑娘怎么就不扑呢。

有的姑娘一把年纪不嫁，是受过伤害，一朝被蛇咬终日怕井绳。或者过于挑剔，挑着挑着就岁月蹉跎，总之问题出在己方。英子不同，朋友们都说，英子又想嫁人，又特别适合当媳妇，她不出嫁，问题只能出在男的身上，真是造化弄人。

虽然一直没有贴谱男友，英子的生活并不乏味，她有一群死党朋友，男男女女的，隔三岔五小聚。和一般姑娘喜欢逛街或者去歌厅瞎唱不同，英子喜欢静坐聊天，佐以小酒，找个后海西岸的安静酒吧，一聊一宿，然后披着黎明的曙光，微醺着回家。

英子他们聊天的内容有三大块，一是英子的工作，不过这部分只是不间断的穿插，肯定不是主题，因为别人不答应。二是八卦，虽然英子不会只谈八卦，但并不意味着对八卦不关心，别人聊起来，她也句句搭得上。三是文艺，英子喜欢读书，也喜欢写东西，所以聊起小说、电影、戏剧，英子最活跃了，要知道英子上大学时，是学校话剧社当仁不让的女一号，至今大段大段经典人物的经典台词还能脱口来上一段。

说起话剧，在英子的力主下，他们一群好友最近突发奇想，开始排练整出《茶馆》。每逢周末的夜晚，从四面八方汇集到一间咖啡馆，排练五六个小时。人人每场必到，一丝不苟。至于排练好了去哪儿演，演了会怎么样，他们全不关心，英子和这班志同道合的朋友们真正倾心的，只是排练中的欢乐。英子说了，不然又怎样？回家独守空房，独睡冷炕？

小毅

上大学时班上有个女生叫小毅，眉清目秀，短发，经常一身军绿，片儿鞋，说话做事风风火火，干净利落脆，是典型的北京姑娘，很有些飒然之气，在大片畏畏缩缩、羞羞答答的姑娘群中分外惹眼。

羞答答的姑娘们特别喜欢和小毅这样的人交朋友，性格豁达容易相处是一方面，多少也有攀个保护伞的潜在目的——但凡有人敢欺负自己的朋友，小毅这样的姑娘，会为朋友两肋插刀，眼都不眨。

上大学，还是中文系，学生们自由烂漫得一塌糊涂，恋爱之风盛行。开学没多久，鱼找鱼虾找虾，好多成双入对的，一下课便凑到一起，男生背俩书包，拎俩饭盒，女生一路依偎扭着，奔食堂。小毅四年级了，还没找到依偎的肩膀。

闲得蛋疼的人开始闲言碎语，猜小毅是同性恋。和小毅最要好的两个北京姑娘出来辟谣：别土鳖了！我们北京姑娘就这样儿！多少柔情蜜意都藏着，当像你们似的，叽叽歪歪，什么玩意儿！

小毅倒是笑对这些闲话，丝毫不以为意，该罩着哪些女生，还是可劲儿罩着，大大方方地单身着。

很快谣言不攻自破，因为有人探听到，小毅一直暗恋中学时的班长，据说小伙子帅极了，小毅就是忘不了，怎么也忘不了。别的男生在她眼里，最多是个班长的跟班儿角色。而这份情感老班长从来不知道，小毅一藏就是四五年。

毕业了，那会儿学校还管分配工作，大家挑来拣去，嫌肥嫌瘦。小毅不急不慌，只说你们挑你们挑，挑剩了的给我。小毅最后去了部队，教书。

之后很多年没有小毅的消息，只听说她成了家，过了几年又分了。先是部队文职干部，后来转业到地方，找份平平淡淡的工作，默默地生活着。

同学们纷纷人到中年，逐渐混出个人样儿，开始烧包大兴怀旧之风，同学聚会多起来。小毅也姗姗来了，跟在学校一样，眉清目秀，短发，虽然不穿军绿了，但仍是一身朴素回八十年代的服装，稳稳坐着，不太爱说话。

酒酣耳热之际，甲说房子乙说车，丙说成名丁说利，小毅一概认真听，不发表任何意见。终于有人注意到小毅的存在，问她这些年境况如何。

小毅讲起她还在部队时，有天坐地铁，背对车窗，忽见同车厢对面而坐的乘客使劲儿冲她身后指指戳戳，等明白过来是说窗外站台上有人认出了她，回头看去，车已开动，站台上有我们一个同学。讲到这里，小毅最后总结道：分别这么多年，她竟然从背影就认出了我。

突然冷场。小毅的这番话和场上气氛完全不在一个层面，最后的总结，更好比天外来客的说辞，处在地面的大家，谁也不知怎么接这话茬儿。很快有人出来圆场，又说起新段子，众人又回到乱哄哄中。小毅稳稳的，并不尴尬，继续认真听。

前不久小毅突然请大家吃告别饭，说要去藏区一个小学校做义务教师，为期一年。席间大家了解到，小毅自从回归单身生活，就一直参与各种公益活动。开始只是利用业余时间，后来时间上总有冲突，索性辞了职，专心做公益。为此自己生活水平急速下降，但是小毅说，吃饭睡觉什么的，还是有保障的，花不了什么钱，只要不贪恋锦衣玉食，生活其实并不难。

小毅到了藏区后，不时给同学们写信，记得其中有一句说：这里卫生条件不是很好，一个月能洗一次澡，开始不习惯，时间一长，看到指甲里有泥也不以为意了，泥土很干净，我很快乐。

大廖

最早认识时，大廖的头衔是“港商”。这意味着，一是香港身份证，二是从事商业活动。可瞧着真不像，一米八几的个儿，浓眉，高鼻，英气的瘦长脸，半长发，还烫了，不是披在肩头，而是后脖梗子扎一道，这样背后就留根小辫儿。本来足够帅的，像电影里的西班牙斗牛士，可一开口满腔京片子，又极少坐直过，半躺着赖不叽儿的，走起路晃晃荡荡，竟是不成器的艺术青年派头。

其实那时大廖已不年轻，三十六七吧。我呢，二十六七。

大廖性格好，就是特别喜欢闲，喜欢玩，而且不喜独处，专爱三五好友一同分享那种。但又不是滥好人，交友其实很挑，不挑贫富不挑年纪，只挑趣味。趣味投合，天天泡一起不腻；趣味不投，大廖很傲，冲人翻白眼儿，还拿话揶揄人，半句话就能噎人一筋头。

要说谁不喜欢闲、喜欢玩呢？可生逢迅猛变革的社会，真能心安理得闲得住，喜欢玩又玩得不那么俗套的其实不多。所幸本来就有三两个如此不俗之友，大廖很快和我们玩熟了。

熟后才知，港人不假，生长都在北京，八十年代才随父母去香港。港商也不假，不过非职业，是帮朋友忙。朋友在香港有画廊，大廖在北京帮着盯盯市场买买画。专买油画。当时内地油画市场还一片混沌，大把眼下身家过亿的画家，那会儿为几瓶啤酒一顿饱饭，就能给亲友画幅小肖像。

大廖喜欢玩什么呢？喜欢逛街。那么帅的小伙子，身材好比衣裳架，随便买件衣服，一上身便不同凡响。大廖衣服奇多，但是家里乱哄哄的，满床堆衣服。半夜回家，一堆衣服中刨开一亩二分地蜷着睡；中午起床，满床衣服挨个儿闻，哪件没怪味儿套哪件，迎着正午的阳光出门耍。皱？不怕，大廖衣着风格就是皱。皱也分在谁身上，搁别人那儿是邋遢，搁大廖这儿是帅，而且陡然别具一格。

大廖喜欢吃，专吃小馆。长那么洋，专挑卤煮、门钉肉饼这些腌臜小馆，挑帘便进，大口吃蒜，吸吸溜溜吞面，动静不小，有老北京式略带夸张的痛快淋漓。不喝酒，有次在大家鼓励下，蚊子一般沾了几滴二锅头，躺饭馆门口台阶上俩钟头没醒。

逛街、吃小馆是喜欢，但对大廖而言，全部的玩加起来，都不如音乐好玩。最爱音乐，西方古典音乐。可不是随便喜欢喜欢的，是个发烧友。也不是随便发烧发烧的，是个资深发烧友，七十年代就用大卷盘式磁带，棉被捂着门窗闷头听了——那会儿这是“资产阶级生活方式”。

大廖经历了卷盘式磁带、板砖式单喇叭录音机、四喇叭夏普 777 等时代的淘洗，社会进步开放到我们认识的时候，大廖家一件朋友小作坊研制的胆机功放，35A 书架式音箱，CD 机居然是个 DISCMAN。说来也怪，多少人斥巨资配音响，听着不错，但到大廖家一听无不自惭形秽，直想回家把机器砸了。大廖说这不怪，他是做了上百次各种组合方式，最后才定在了这一格局。大廖还说：寸劲儿吧，让我赶上了。

有了大廖的带领，我们不时进出音响店淘器材，数十家 CD 店隔三岔五可见我们在货架间呼啸穿梭。过后小塑料袋装二斤狗不理包子，扎到某人家开听。别人“华丽”、“婉转”、“诗意”一类形容词横飞，大廖说出来的是：黏黏糊糊像块旧抹布；不干净，像大美妞儿嘴边挂两条哈喇子。

大廖的故事太多了，几天几夜讲不完。不过都是他四十六七岁前的故事。二十六七的我认识了三十六七的大廖，四十六七的大廖突然从我们视野里淡出。并非彻底消失，先是突然某天，请我们几个小吃一顿，庆祝他新婚，媳妇是个钢琴家。又突然有一天，请我们几个去他家，听他媳妇弹琴，庆祝他俩喜得贵子。再后来，到今天，没见过了。

梅

梅的大名叫刘梅，生在北京，四十岁了嫁到外国。在外国，她的朋友们喊她MAY。一喊就是小二十年，害她现在虽然回了北京，和旧日闺蜜痛聊当中需要自称时，也直接管自己叫梅了。

梅生在五十年代，该戴红领巾红袖章的年纪，既没戴上红领巾，也没戴上红袖章，因为家庭成分不好。梅的父亲曾是民国政府的文员。所以梅没怎么上好学，中学一毕业就走上社会，成了以不怕苦不怕脏不怕累著称的护士。

梅少年困苦的岁月，像罗大佑歌里唱的那样，风尘刻画你的样子，全都刻在梅的脸上。二十多岁的梅不时被人问：四十几了？谁还没个娇嫩爱美的少女时代啊，开始梅很懊恼，受打击次数多了，战斗里成长，梅突然生出股大无畏的气势，爱谁谁。

爱谁谁的梅，从未在同龄男性那里收获爱情，都是友情。在女性那里，是加倍的友情。年轻的姑娘们都喜欢找梅诉衷肠，挽着梅逛商场，甚至，拉着梅一道去找对象，一来梅无畏、豪爽，直截了当没有弯弯绕，不好说出口的话，有梅代说；二来有梅陪着，能衬自己好看不说，还绝无戗行儿的危险。这些都是姑娘家的小心思，貌似深藏深闺无人晓，其实司马昭之心路人皆知。梅心里明镜儿似的，但是，爱谁谁。

梅见证了多少闺蜜从春心萌动开始，至恋爱，至结婚，至生孩子的全过程啊，有些孩子生在梅的医院，她都参与接生了呢。而闺蜜们一朝有了小孩，生活有了根本变化，逐渐都离梅远去。好几茬儿的闺蜜们纷纷远离之后，梅快四十了，还是一个人，爱谁谁。并非执意如此，就没机缘也真没办法。

许是陪了太多闺蜜相亲，撮合了太多痴情男女的好姻缘，月下老人都被梅感动了。突然有一天，就像天边冒出来似的来了位外国汉子，对梅一见倾心，穷追不舍。外国汉子仪表堂堂，内心纯净，家境殷实，梅表面再镇定自若，心底早已老房子着火，天天晕乎乎的。

三个月后，梅和各路姐妹洒泪相别，随外国汉远渡重洋。又一个月后，梅的姐妹们收到梅婚礼大宴的照片，照片上的梅仪态端庄，娴静良淑，姐妹们都惊了，都说从来没注意过啊，梅其实很耐看啊。

对姐妹们来说，梅从此好像突然消失，人间蒸发。偶尔大家聚会时说起梅，都心头沉沉的。

去年夏天，梅就像当年她那位如意郎君一样，凭空而降回了北京。梅的姐妹们兴奋的啊，一聚再聚。都是小二十年没喝过酒的女人，整箱整箱的红酒往胃里砸。重新回到大家视野里的梅，腰身粗了不少，不过满面春风，脸上简直没什么皱纹，还说着一口流利的英语，羡煞众人。说起话来，又不见了婚礼照片上的端庄，还是那么直截了当爱谁谁。

姐妹们责怪梅玩蒸发，问她这些年过得如何。梅先连连致歉，再自罚三杯，然后理直气壮地说：还能干什么呀，不都一样嘛，结婚，生小孩，相夫教子，还能干什么呀，哪个女人不是这么过来的呀。现在好了，儿子争气，考上了哈佛，老公也老了，我也终于可以回我的北京了。

酒至酣处，梅高兴到伤感幽怨起来，对姐妹们说，我就是什么都比你们晚，恋爱晚，成家晚，你们现在个个都是社会栋梁了，我还是个刚刚解放的家庭妇女。不过我不怵，晚就晚，爱谁谁，你们干过的事，我也要都来一遍，我这次回北京是来创业的，注册了一家公司，想做中外文化交流，你们觉得行么?

卓玛

是不是藏族小姑娘一半以上都叫卓玛，藏族小伙子一半以上都叫扎西？我上大学头一天，结识一个藏族同班女生，名字就是卓玛，从此同学四年。

卓玛是青海的藏族，不像一般藏族姑娘长得黑，但也不能说白净。脸上没有一般藏族人都有的高原红，但整体红红的，不是白里透红，而是红里透红，气色好极了，看着就结实、健康，在一班刚刚经受了高考摧残的豆芽菜似的汉族女生堆里一站，有定海神针之感。

卓玛第一次开口和我寒暄，问的竟然是：你父母干什么工作的？我答：作协的。卓玛神情一凛，没再说什么。我暗暗对她这问题和这神情稍有疑问，但也没说什么。

后来相处多了，对卓玛上来就问父母这件事，不再有疑问，卓玛是那么孝顺的一个姑娘。刚进校园时，所有外地同学的家信都写得可勤了，两年之后还能保持每周写家信的就没几个了，卓玛是一个。每次接到家信时，卓玛红红的脸，被兴奋的情绪涨得更红了。

卓玛性格好，从来不愠不恼，永远露着一口好看的白牙笑。藏族姑娘特有的那种浓密乌黑的头发，瞧着有股忠诚相。所以好多女生都把卓玛引为闺中密友，找她吐露心事，找她商量该对喜欢的男孩怎么表达。

卓玛没谈过恋爱，自己也稀里糊涂，当然提供不出什么实质性的参考意见。但是不要紧，女孩子们找卓玛吐露心事，找卓玛要参考意见，这些都是第二位的，她们看中的是卓玛的忠诚、贴心、嘴严实，不让她说，就打死都不说。

临近毕业时，都忙着毕业分配，整天填各种调查表。有天我正填一张家庭人员情况调查表，卓玛在一边看到，要过去看。刚看两行脸涨得通红，气愤地冲我吼：你这个人，人品有问题。我吓一跳，欲闻其详。卓玛说：刚进校时我问你父母做什么工作，你说是工人，可你现在填的是在“作协”，文化人。你撒谎，不是原来撒谎，就是现在撒谎。

时隔四年之后，我终于对她当时那一凛的神情也打消了疑问——她把“作协”听成“做鞋”了。

毕业了，很多同学削尖脑袋设法留在北京。一些分配到外地的，隔几年也使尽浑身解数重回北京。卓玛当然是回了青海老家，因为她的父母在青海，而她又是那么孝顺的孩子。在一所大学当老师，教文学理论，一教二十年。

有一年，卓玛趁着暑假来北京找同学玩，一见当年那些闺蜜，三十多岁的人了，兴奋得手拉手蹦起来。好不容易坐稳了，大家打探卓玛的生活状态。出人意料的是，卓玛不再言必谈父母，改为言必谈丈夫了。丈夫长，丈夫短，丈夫让她少吃冰东西；丈夫让她出门要节约，多坐公车，少打车；丈夫让她每天往家打个电话……

有人问卓玛，还没说和你丈夫怎么认识的呢。卓玛听了十分不解地一愣——怎么认识？还能怎么认识？父母包办的啊！这回轮到大家十分不解地一愣：这都什么年代了，你还心甘情愿让父母包办婚姻？还这么理直气壮？卓玛又是一愣，然后掏心窝子似的说：父母那么大年纪了，比我们的人生经验丰富多了，难道不该听他们的么？他们难道会害我？

小连

那天接到朋友短信，艾特玛托夫去世。八十岁。肺癌。

当时看了并无特别反应。及至夜深，周遭寂静，心里泛起二十年多前一件往事。开始星星点点，渐渐缀成片段。小连是这往事的主角。

八十年代末，我大学毕业实习，在一所中学做了三个月的老师，教语文。小连是班上的语文课代表。

当时女孩流行披肩发，课堂一水儿的长发披肩中，小连很扎眼，是刘胡兰式的发型，很倔强的气质。小连穿衣的颜色也不流俗，很寡淡，不是黑就是灰。不过后来经我仔细观察，发现寡淡中藏着细密——每天早上来时，衣服都是熨过的，折线笔直，刀刃似的，一丝不苟，不重表面专重内在的架势。

小连神情木讷，寡言少语。照理每天她要收齐全班同学的作业本交给我，每次来，撂下就转身，连个笑容都没有，更没有一句话。我当时理解，她这份木讷，是有一种孤傲在里头，大概觉得我这个“老师”不过大她两三岁，有点不服气。

有天放学我与她恰巧骑车同行，有一搭没一搭地闲聊，气氛沉闷。突然她问道，老师知道艾特玛托夫么？看过《白轮船》么？

那是八十年代，外国文学的译介正处在黎明前黑暗阶段，不安分的文学青年们仍在四处搜寻早年著名的“黄皮书”，即内部发行的一些“供批判用”的外国小说，其中就有艾特玛托夫的名篇《白轮船》，是我当时的钟爱之一。原来小连也看过。

得知我也喜欢艾特玛托夫，喜欢《白轮船》，小连突然话密起来，一句紧似一句，如同泄洪闸门突然大开，直聊到分手的岔路口，仍然滔滔不绝，意犹未尽。

从那以后小连在学校好像变了个人，开朗了，面部表情丰富，常常听到她的笑声。有时在楼道里看到她，走路一跃一跃的，全然不似原来那样木讷、孤傲。课下见到我，如果我没事儿，就天南海北一通闲聊。穿着还是灰黑色的基调，当然，还是每天熨过，不过偶尔会带些鲜艳色彩的小配饰品了。

又隔了几天，和小连在校门口正打个照面。正值冬季，清晨的天际线上，启明星闪闪发亮。她指着那颗星星说：我管那颗星叫“白轮船”。然后又稍带羞涩地说：这是我的小秘密，老师不要告诉别人。

从此我与小连共享“白轮船”的秘密。我们年岁相仿，我能理解她的心思——有自己私密的钟爱，但在同学当中没有可以交流的对象，猛然出现一个我，能与她分享这一秘密，让她体会到简单、美好、纯情，恰如《白轮船》描绘的明净天地，这让她在冰冷、压抑、干枯的高中生活中，体会到片刻温暖。

星移斗转，小连如今身在何处，忙些什么，音讯杳无。要说起来，这才是人世间的现实，相遇、分离全都猝不及防，所谓温暖，也是内心一层幻象而已。不过这层幻象比较隐秘，隐藏更深，因而不易觉察。

真个是冷热易躲，温暖难防，如我此刻絮絮叨叨回忆这段往事，实际也正是借着写小连的名义，在贪恋一刻温暖吧？好吧，就算是我和小连把这一刻温暖，送给正在冰天雪地的广袤大地下长眠的艾特玛托夫。

小江

上初中时，我们班有个小“四人帮”，莫逆之交形影不离，因此得名。四个人中，有小江，也有我。

小江是班上最早戴眼镜的，瘦瘦的小脸，镜框很大，衬得脸更小。小江家里上溯三代并无近视遗传，他过早戴了眼镜，只因酷爱躺床上看书。《说岳全传》、《杨家将》，最爱读的是《三国》。有次“四人帮”各自敞怀畅想人生最美妙的情景，小江说，大冬天，大棉被一裹，凑着床头灯看《三国》。

俗话说，少不读《水浒》，老不读《三国》，言下之意是《三国》里计算太多，容易叫人年纪轻轻即过分世故。可是凡事都两面说的，世故的反面，可能就是洞若观火、人情练达。不知是否和读《三国》太多遍有关，反正小江在“四人帮”中最通人情世故，帮众之间互相串门，我们进了别人家，赶紧溜进帮众自己的小屋；小江不会，必与家长寒暄一段，尽管家长眼里我们都还是个小屁孩，根本不当回事儿。

“四人帮”特别能玩，一阵儿迷集邮，一阵儿滑旱冰，一阵儿打台球，变着花样玩。四十多人一个松散的班集体，“四人帮”因为团结紧密，成了小核心，每回玩耍新项目，都迅速带动全班的风行。缩小到“四人帮”内部，所有项目更新，都是小江带的头，他好像每个毛孔都随时张开，随时接受新事物。

“四人帮”莫逆期间，社会正处在转型期，经济变革潮流呼之欲出。我们三个傻吃闷睡，全无察觉，小江少年老成，可能多少嗅到一丝气息。初中毕业，我们三个上高中的上高中，上职高的上职高，小江却晃着瘦弱矮小的身子，毅然扑进社会大熔炉。

小江放弃读书也另有他因。八十年代国营大企业的铁饭碗还很坚固，这些企业里，子承父业之风流行，俗称“顶替”，即父母退休，子女接班。小江兄弟姊妹多，家境又不富裕，于是母亲提前退休，小江顶替，一举两得，母亲可以从此专心照料家务，小江也早早开始挣钱。

小江的工作是安装电梯。那阵儿北京城撒了欢儿似的向空中发展，高层建筑像森林里雨后长出的蘑菇，迅速蔚为大观。这一来，小江他们一刻不闲。又因当时正时髦绩效挂钩，所以每月初的工资单上，小江的奖金是工资的十几倍。回家报告父母，两位老人家简直不敢相信自己的耳朵。

可在小江看来，工资奖金这些不过是燕雀之志，他的心气儿远不止这仨瓜俩枣儿。高额奖金是小江的原始积累，他用这些钱从小做起，尝试投入一些生意。最早倒卖些日用品，渐渐地，兜里钱像滚雪球一样，开始倒卖钢材。小江凭自己人情练达，生意做得极顺，很快成了我们这代人中最早富起来的人。

再后来，社会上突然风行起买卖翡翠，围绕翡翠出现了无数故事。最神奇的是“赌石”，看上去癞了叭唧的一块破石头，打开可能就是稀世罕见的巨大翡翠。小江没有放过这机会，经过一番细致缜密的研究，他把所有的钱全都扔给了一块石头。赌对了，一本万利；赌输了，回到起点继续奋斗。

结果，输了。小江从我们视线消失。没了小江，原来不时还聚的“四人帮”彻底散了伙儿。那时光阴已经走到上个世纪末。

又过了七八年，小江突然冒出来，约聚会。见了面，只见他两鬓已白，眉宇之间没了以前的跳跃灵动，平添一份稳健之色。问他境况如何，只说做些小生意，踏实度日。再多问，便被他拿话岔开了。分手时，小江重复了好几遍，说要保持“四人帮”传统啊，要常聚啊，还说他负责张罗。可是，恐怕他自己也明白，只说说而已，各自人到中年，各人心思早已不是“四人帮”那个时候的情形了。

东东

东东出没无常，神龙见首不见尾。忽而三两年杳无音讯，死活不知；忽而三天一小宴五天一大宴亲密接触。每次见都需从头打听起，在哪个城市、从事何种职业、女友换了没有，等等，每次都有天壤之别。

近来又是久不相见，昨天忽然在报端看到他名字，说是做了个蔬菜王国的动画片，主打健康、快乐牌。蔬菜、动画、健康快乐……这些东西，与我之前认识的那个东东，又是风马牛不相及。

东东是个生意人，能折腾。无时无刻不在快乐地折腾着。

东东和我同年，也是“文革”中生人。原本叫学东，典型“文革”孩子的名。长大了，嫌这名太俗吧，文东、卫东的臭大街，要改。改成什么呢？生在东北，雪是东北特色，有家乡意境，于是“学”改成“雪”，“东”也随之成了“冬”。

名字里有了北方的寒意，人却跑到最炎热的最南端，海口。那是九十年代初，海南岛仿佛遍地黄金，好诱人。东东冲到那里，凭机灵，加苦干，三拳两脚踹成个成功人士，戴着溥仪式小墨镜，穿着价格昂贵的恤衫，开着宽敞阔气的大林肯，街上随便一停，东东只想驻车打个电话，电话打完，紧闭的车窗外趴满姑娘们的脸。

东东对这些姑娘没兴趣，觉得她们俗，东东喜欢文雅型的。天南海北地谈生意，东东慢慢喜欢上一个空姐。从此做生意的步骤，全看姑娘的值班航线安排。有阵子姑娘只飞北京，大半年过去，东东没谈北京以外的一单买卖。

东东是个有文化追求的商人，稍有点原始积累，魔爪就往文化口儿伸，一下手就挑了电视剧。新领域，没做过，开始以合伙投资人身份进入。东东聪明，学东西快，尤其电视剧这种事，万变不离其宗，挣钱而已，这个东东熟，很快大局在握。东东从一个商人，蜕变成一个影视剧制片人。

自从做了文化人，东东越来越觉得海南没文化。东东要揭人生新篇章，收拾细软，举家迁往北京发展。说是举家，其实光棍一条，两箱子简单行李随身，当成携妇将雏。东东一直没成家，当年的空姐女友，终因聚少离多早散伙了。

人生有此大变动，我猜东东去请高人算了卦，反正又要改名字。好不容易从热带又回到了北方吧，倒又把名字中间的“雪”字换掉，改回学东了。东东自己都不嫌折腾，朋友们也只好顺他的意，改叫新名字。叫之前总免不了讽刺他几句，东东脾气好，不介意。

北京文化人扎堆儿，东东情商高，很快与文化人打成一片。听文化人朋友说，光拍电视剧不能算真正文化人，得拍电影。同时又听生意场的朋友说，拍电影，拍十个赔九个半。东东内心挣扎好几个来回，最终咬牙拍了板，为了文化情结,赔钱算什么！何况还有半成不赔的机会呢。拍成以后，果然因为这样那样的原因，至今没能公映。

作为生意来讲确实赔了，但是东东不怵，做生意，哪有天天赚的，东方不亮西方亮，生命在于折腾。这不，又拍了时下最最时髦的动画片。据我看到的那份报上说，东东又是天南海北跨领域一通大折腾，天天跑断腿，网罗了十几个正当红的主持人和电影明星，配音阵容超强，说话就要公映了。想来这些日子，东东又在全国各地快乐地奔跑着。

麻雷子

“麻雷子”是外号。他是我初中同学，十四五岁已经一米八几，现在不稀奇，八十年代可算大高个儿。不光高，还壮，身形魁伟，脸上却白白净净。小小年纪就近视，戴着当时罕见的无框眼镜，衣着入时，用料讲究，活脱一副阔少模样。

我们读初中时，社会经济还是计划形态，没有阔少的概念，不过家庭条件还是有优劣之分的。麻雷子的父母是归国华侨，是当时最时髦、最招人艳羡的社会阶层。他能早早充分发育长那么高，同学们总结过，家庭条件好，天天喝牛奶，吃黄油，能长不高嘛。

麻雷子家是个独门四合院，离天安门咫尺之遥，北京城黄金地段的正核心。一个春天的傍晚，我在他引领下，爬上他家屋顶，眺望金灿灿的城楼，豪迈之情油然而生。麻雷子呢，在这小院长大，习惯了，并不激动，但见兄弟我这般开怀，也咧着小瘪嘴。

麻雷子是特别适合当哥们儿的那种人，每年除夕，我们几个小伙伴的守岁地点，都在麻雷子家他的那间北屋。嗑嗑瓜子，喝着香片，偷偷抽抽烟，看着窗外自家院里的积雪，舒坦自不待言。麻雷子颇有主人翁架势，除了招待吃喝外，还早早备好一大箱鞭炮，除夕熬一宿，大年初一天还麻麻亮，我们怀抱二踢脚、一千响什么的，跑胡同口一通乱放。

“麻雷子”的本意就是指炮仗。早年北京人过春节，最喜欢放二踢脚和麻雷子。二踢脚两响，麻雷子只一声，却声震云霄。麻雷子外号的由来，便与此有关。他脾气特别倔，平时话很少，蔫头耷脑，真被逼急了，暴烈发作。不过发作的同时也就结束了，不再作细密缠绵的纠缠，正合了麻雷子一声响的特性。

麻雷子学习成绩不佳，有次老师训斥他，说着说着，话里开始夹枪带棒。麻雷子开始蔫头耷脑地听，听着听着，突然眉毛倒竖，暴吼一声：你还有完没完！老师吓一哆嗦，愣在当场，麻雷子却摔门而去，又和同学耍上了，好似什么也未发生。

成绩不佳是因玩心太重。麻雷子的玩，不是那种疯玩野跑式的玩，而是气沉丹田、慢条斯理瞎琢磨的那种玩，比如钓鱼，比如把收音机录音机大卸八块再装回去。他家小院的玻璃窗上，画满铁臂阿童木，都是麻雷子一笔一画忙乎了大半年的成果。尽玩了，初中毕业没考上高中，上了一家培养饭店旅游业人才的职业高中。

我们上大学时，麻雷子已经走上社会，当了导游，天天在机场、酒店、旅游点穿梭。那时导游是个挣大钱的职业，麻雷子迅速致富了。无框眼镜外面，又卡了一层墨镜片，一身名牌，仔裤屁股兜里的钱包鼓鼓的，直往下坠。还开了辆大发面包车，可神气了。苟富贵，毋相忘，麻雷子惦记着老哥儿几个，不时接我们去丽都、燕翔这样的酒店大吃大喝。可怜我们这几位还在臭烘烘的学生宿舍苦熬，天天见不着油水的，顿顿吃暴，麻雷子坐在一边憨憨地乐。

再后来经济大潮扑面而来，人人忙得不可开交。我们几个上学的终于毕业了，也都义无反顾一猛子扎进潮头。麻雷子好像挣了不少钱，不当导游了，开始倒腾生意，我们之间很多年没见了。

又是一个春天的傍晚，我在浓荫密布的一条小街正走着，突然听到一个熟悉的声音，竟是麻雷子。胖了很多，还是无框眼镜，只是更讲究了，衣着还是那样入时，从阔少变成大老板的派头。我高兴得直拍他的肩，却也没什么话说。他呢，憨憨地乐，也不知从何说起似的。那一刻，两个少年在房顶看天安门城楼的情景，在眼前重现。

豆腐

“豆腐”是我大学同学，同寝室吃喝拉撒睡四年。

外号有很多种起法，体貌表征、性格特点、标志性事件……豆腐之名的由来，却是将其学名速念所得。他学名叫窦有甫，挺文气的，家里应该有读书人。

大学毕业十几年后，机缘巧合，老同学大聚了一场，一片惊呼，原来的校花变成了胖嫂，原来的足球队帅哥谢了顶，更让人惊呼的，是几个在校时羞羞答答、话都说不利落的兄弟，现在成了大干部，天天给好多人做报告。豆腐也当官了，在武警部队的消防系统，据称因为几次处理紧急情况得力，记过二等功还是三等功。豆腐通报这些时，大家听得很平静，一丝诧愕没有，因为大家想象中，豆腐肯定要当官，豆腐就应该当官，迟早的事。

豆腐这外号听着软塌塌的样子，真人完全相反，是个棱角分明的人。性格和长相都是。从打上学那时起，豆腐说话就不多，一旦出口，一律短平快，还是稳准狠，坚毅果敢的样子。豆腐喜欢公益事业，食堂伙食差了，别的同学骂骂咧咧，到了饭点儿还是乖乖去了；豆腐不然，一个脏字不骂，可是坚决不去食堂，夜深人静，点灯熬油钻在蚊帐里给学校总务处写抗议信。这件事后，豆腐被选为中文系学生会的生活委员，经常操着一口硬邦邦的广西方言，代表我们与食堂的师傅们谈判。

系学生会生活委员，是豆腐在学校官场生活的起点，自此一发不可收。很快他被我们全宿舍楼几千人推选为“楼长”，隔三岔五找学生处吵，找总务处吵，找保卫处吵，为我们这些群众争利益。说是吵，其实豆腐统共没张几下嘴，不过说出来那几句，都不容置疑。

再后来豆腐又入了党，床头多了个红色的塑料皮本本，是他开党员会的专用笔记本。再后来豆腐进了校学生会。教师节到了，中央领导来学校看望师生，豆腐代表我们和好多领导同志握手，可神气了。

豆腐的话更少了，原来就不多的话，现在说起来更字斟句酌，好像聂卫平下围棋，不想出几十步都不带落子的。这样一来，豆腐要么不开口，开口就比原来更短平快，更稳准狠。脸上惯有的表情都变了，原来只是有些冷峻，后来加了不少忧国忧民式的沉重。

我一向自由散漫，渐渐有些看不惯这个，觉得豆腐有点装紧，天将降大任于好些人呢，不光您一个嘛！好在他话少，本来也没什么交流的机会，如此一来，相互之间越来越客客气气，怪里怪气。

大学毕业二十年，这二十年里，我也阴差阳错当过几天小官，今天偶然想起豆腐，以我有限的当官经验回想他的话少、字斟句酌，突然想通了为什么。一般来说，言多必有失，豆腐早早进入当官的轨道，必有前辈教了他这道理。再说，哪怕只是学生干部，也一样文山会海，所有的会，注意力都要集中，发言都要声情并茂。最可怕的是，会连会，主题形式千差万别，会一多都被弄混了，一天下来，大脑一团糨糊，如果不是自己的亲人爱人当前，真懒得再开口。

还真是，话说当年豆腐快毕业的时候，相恋多年的女友从老家跑来看他，豆腐就天天乐得合不拢嘴，话也说得叽哩呱啦的。

王老黑

小王的朋友们都叫他王老黑，长得黑只是次要原因，主要因为小王待人接物果敢坚决，爱憎分明，有心狠手辣的黑道做派。

小王原来不这样。他从小学乐器，进步神速，十来岁被文工团选中接来北京。文工团属部队所有，过日子半军事化，小王基本没有独处的时候，宿舍、剧场两点一线，很少与社会接触。

团里的大姐都疼爱这俊俏的小弟，见他就掐小脸蛋。小王那时特别害羞，人家一掐他就脸红了，心里不乐意，嘴上却不敢反抗。成年以后，小王有个毛病，不让任何人碰他脸。

小王的成长与社会大变革同步，眼瞅身边原来同台演出的人人暴富起来，奢华度日，小王心思也活了。终于有一天，他离开了文工团，仗着认识的演员多，开始组局走穴。

早年的文艺穴都是空手套白狼，钱好赚，但小王忙乎半天却没挣到什么钱。问题出在害羞上，一开口就成了小狗小猫，老不敢狮子大开口。

小王开始苦练大开狮口的本领。那阵儿小王见朋友也黑着个脸，脾气很暴很躁。去饭馆吃饭，经常寻点小茬儿怒训服务员。矫枉过正吧，小王变得真黑起来，天天嘴里几百万的买卖谈着，不管真的假的，眼睛都不眨，谎话随口来。小王发财了。

发财后的小王，很快腻烦了天天泡夜总会的生活，觉得千篇一律，不过如此，就有点空虚。人一空虚，坏朋友乘虚而入，小王迷上了赌博。开始也就玩玩麻将，打打扑克，一场赌下来不过万把块钱出入。可是慢慢小王觉得不够刺激，越玩越大，到后来，已经通过越洋长途赌球赌马，一夜间输个上百万，小王照样请朋友吃消夜，喝大酒，丝毫没有心疼的样子。

小王完全变了个人，忽尔天上忽尔海底的，在朋友们看来，甭管他做出什么事，都不再有惊讶。好比小王前一天还招二十多个朋友吃鲍鱼呢，后一天就穷得在家翻床底儿，找空酒瓶子退几毛钱，买俩烧饼充饥；前一天还开着大奔接朋友去爬山呢，后一天出门就改挤地铁了。

最逗的是，小王出于赌博需要经常出境，每次过海关都会被人来回来去反复搜查。海关的人完全不相信有人拎着个超市的塑料袋，里边装了一瓶矿泉水就去美国了。有一次海关查完小王全身，不自觉地把心理活动说了出来：您这也太不拿出国当回事了吧。

小王恋爱了，姑娘是个舞蹈演员，活泼灵巧，小王一见到她，仿佛又变回小时候，常常会脸红，虽然因为长得黑，不太容易看出来。小王收了赌心，拉开认真过日子的架势，买了房，车也买了一辆不上不下、以本分低调著称的帕萨特。也不出国了，倒是不时邀请朋友去家里，做一大桌子丰盛的晚宴，把酒言欢。

那姑娘比小王小很多，正是折腾的年纪，很快厌倦了小王去寻新刺激。小王把自己锁家里一星期，出来后请大家吃了顿饭，宣布恢复赌徒生涯，从此一发不可收拾。偶尔见到他，只有一个感觉，就是越来越黑了，可能是心底的黑气也罩上了本来就黑的面容，相映成黑。

再后来小王人间蒸发一样,杳无音讯。朋友们有时团聚，互相打探他的下落，没有一个人知道。只听说，小王终于赌得倾家荡产，把能卖的一切都卖了。

前不久小王突然出现，胖得叫人不敢认。一帮人东一嘴西一嘴热烈了好几个钟头，弄明白小王已经戒赌两年，现在南太平洋一个岛国，开了爿小店，循规蹈矩、安安静静地过日子。可能天天在家捂的吧，白了好多。

吃完饭，互相告别，小王突然直愣着眼睛说：我还是想回北京，北京是家。

旧版封面

旧版后记

封面这棵树，出自明代松江派画家宋懋晋《摹诸家树谱》。在这一长卷中，宋懋晋临摹了自唐讫元二十多位画家笔下的二十多棵树。

二十多棵树里，我一眼看中这一棵，自是有缘。细打量，先是发现，这棵临摹的是王摩诘；后又发现，长卷起始处宋氏即有阐述："树为山之侣、水之伴，道路之朋友、屋宇之衣裳。故从古至今无无树之画。"

这意思，正巧与本书内容略有契合——书中写的这些人，可不就是我之侣、我之伴么。人生如画，无无伴侣之人生。

又一层巧在，说到人物关系谱，中外都有以树状表现的习惯，而我写的这些人，正如这棵树上的条条分枝，各自独立地茂盛，又都来自同一根主干。这根主干，就是我们生存的这个时代。

增订版附记

2011年2月本书第一版面世，承蒙读者厚爱，又加印了两次。此番增订，增补新写的十一篇，删除旧有两篇，现余五十九篇。

字句也有多处微调，主要是将可有可无的废字废句删除。文章不厌百回改，希望能比第一版的文字更干净些。

这么本小书能增订再版，还是精装，是之前不敢想象的。感谢曾经翻开，或正在翻开它的你。

2014年5月

图书在版编目(CIP)数据

百家姓 / 杨葵著 . — 桂林 : 广西师范大学出版社 ,2014.10 (2016.6 重印)
ISBN 978-7-5495-5606-9
Ⅰ . ①百… Ⅱ . ①杨… Ⅲ . ①随笔 – 作品集 – 中国 – 当代
Ⅳ . ① I267.1

中国版本图书馆 CIP 数据核字 (2014) 第 139908 号

广西师范大学出版社出版发行
桂林市中华路22号　邮政编码：541001
网址：www.bbtpress.com

出版人：张艺兵
全国新华书店经销
发行热线：010-64284815
山东鸿君杰文化发展有限公司印刷
山东省淄博市桓台县　邮政编码：256401

开本：787mm×1092mm　1/32
印张：7.625　字数：85千字
2014年10月第1版　2016年6月第3次印刷
定价：38.00元